YLLINACH

GARETH W. WILLIAMS

Gomer

Cyhoeddwyd yn 2016 gan
Wasg Gomer, Llandysul, Ceredigion SA44 4JL
www.gomer.co.uk

ISBN 978 1 78562 102 4
ISBN 978 1 78562 103 1 (ePUB)
ISBN 978 1 78562 104 8 (Kindle)

Cyhoeddwyd gyda chymorth ariannol Cyngor Llyfrau Cymru.

Argraffwyd a rhwymwyd yng Nghymru gan
Wasg Gomer, Llandysul, Ceredigion.

Dechrau

Roedd y glaw mân yn disgyn yn araf ar fin nos oerllyd o Chwefror wrth i'r ddau frawd wylio'r concrit yn cael ei arllwys, a'r bag plastig bron â diflannu. Iori oedd yn anelu'r concrit i'r twll fyddai'n ffurfio rhan o seiliau'r maes parcio newydd oedd yn cael ei greu yn ogofâu'r hen chwarel yn y Berig. Dim ond ef gâi'r dyletswyddau arbennig hyn. Roedd pawb arall wedi hen fynd adref, ond roedd Gerwyn wedi ffonio'n gynharach i ddweud wrtho am gadw peth o'r concrit yn ôl, ac roedd Iori wedi dod i ofalu am y cymysgydd. Addawodd lanhau'r fowlen cyn ei gau i lawr. Doedd y fforman ddim yn hapus, ond prin y byddai neb yn dadlau â Iori, llaw dde Gerwyn, felly cytunodd.

Roedd y gwaith ar y maes parcio yn symud ymlaen yn dda'r tu ôl i'r muriau dros dro. Roedd disgwyl y byddai'r gwaith wedi ei orffen erbyn dechrau tymor y gwyliau yn nhref glan môr y Berig.

Edrychodd Gerwyn a Carwyn ap Brân ar ei gilydd wrth i'r toes concrid lenwi'r gwagle. Byddai wedi caledu erbyn y bore. '"Paham y dylem wylo uwchben yr hyn sydd raid?" Dyna mae'r hen ddyn yn ei ddweud,' meddai Gerwyn. 'Dyna'i diwedd hi gan Loughlin?' holodd wedyn.

'Wy'n ame 'ny, ond gawn ni weld,' meddai Carwyn.

'Beth am y llall?'

'Fydd e'n cofio dim.'

'Ddwedwn ni wrth yr hen ddyn?'

'Na. Ddim tro hyn. So fe'n ddigon cryf i wybod gormod. Fe fydd rhaid i ni gynyddu'n lefelau diogelwch ar ôl hyn, wy'n credu,' meddai Carwyn a throi am ei fflat yn y dref, gan adael y gwaith trwm i'w frawd mawr ac Iori. Roedd y glaw yn disgyn yn galed erbyn hyn, a gwaith y noson ar ben.

Pennod 1

Doedd y tri brawd ifanc o Fangor erioed wedi bod y rhai mwyaf cyfrwys wrth eu gwaith fel lladron. Roedden nhw wedi dysgu un wers, sef ei bod yn syniad da i adleoli eu gweithgareddau nes i'r glas golli diddordeb ynddyn nhw. Roedd ardal Bangor wedi mynd braidd yn boeth, a phenderfynodd y brodyr fynd i hel eu tamaid i lawr arfordir gorllewin Cymru, i diroedd newydd oedd yn eithaf bras, yn ôl y sôn. Ond roedd eu dull o weithredu'n hawdd ei adnabod, ac o'r herwydd roedd yn rhwydd eu dal, fel y tystiai'r tatŵ blêr 'Strangeways Hotel' ar fraich Dicsi. Treuliodd gyfnod o 'wyliau' yno am ddwyn ceblau copr o iard Manweb ryw ddwy flynedd ynghynt. Dull Jac-y-do ydy'r term answyddogol am eu modus operandi – crwydro o amgylch yn casglu sgrap yn gyfreithlon yn ystod y dydd, asesu a oedd danteithion mwy blasus i'w cael, a dychwelyd fin nos i'w casglu. Roedd y gair amdanyn nhw wedi mynd ar led yn eithaf buan.

'Be ffwc 'den ni'n wneud fan hyn?' holodd Dicsi, gan bwnio'i frawd, Mojo, oedd yntau hefyd yn dadebru o drwmgwsg.

'Y …?' ymatebodd Mojo, gan rwbio'r cwsg o'i lygaid ac edrych o'i amgylch. Roedden nhw'r tu mewn i'w fan yng ngolau llwyd y wawr oedd yn dechrau torri drwy ffenest ôl y Transit. 'Dwi'm yn gwbod,' ychwanegodd, a golwg syn ar ei wyneb.

Er mai cefn y fan oedd eu lle cysgu arferol, a bod ganddyn nhw'r mod cons i gyd ar gyfer eu teithiau oddi cartref – stof, sachau cysgu a matras – roedd rhywbeth o'i le ar y deffro'r tro hwn. Rhynnai Dicsi wrth iddo edrych trwy'r ffenest ar niwl oer diwedd Chwefror yn troelli o amgylch y fan mewn safle picnic, wrth ei golwg hi.

'W't ti'n cofio dod yma?' holodd.

'Nachdw,' atebodd Mojo, oedd yn dechrau crynu hefyd.

'Lle ma'n slîpin bags ni? A'r matras? A 'den ni'n dal yn ein dillad.' Clywodd sŵn moto-beic yn tanio'n rhywle gerllaw. Agorodd ddrws y fan a chamu'n sigledig i'r oerfel. Ni welai ddim drwy'r niwl, ond clywodd injan y beic yn cyflymu, a'i sŵn yn pellhau wedyn.

'Pw' oedd hwnna?' holodd Mojo, oedd yn eistedd yn swp yn y fan.

'Wn i'm pwy gythrel oedd o. Ond mae o wedi mynd 'wan.'

'Ti'n teimlo braidd yn ffyni?' holodd Mojo, gan rwbio'i lygaid yn ffyrnig eto. ''Sgen ti fel rhyw sŵn rhyfadd yn dy ben, a'r lle'n troi?' Oedodd am eiliad. 'Dwi'n meddwl bo' fi'n mynd i fod yn sic,' a chododd yn frysiog o'r fan a chwydu wrth yr olwyn gefn.

'Ffycin hel! Be sy arnat ti?' holodd Dicsi.

'Wn i'm, ond dwi'n teimlo'n well ar ôl hynna,' atebodd Mojo, yn sychu ei geg ar ei lawes. 'Oes gen ti gur yn dy ben fatha fi? Fel tasen ni wedi cael uffar o noson dda ar y pop neithiwr?'

'Oes,' atebodd Dicsi yn swta. 'Dos i ddeffro Washi, i ni gael mynd o'r diawl lle 'ma. Mi fydd angen rhywbeth i fyta arno fo.'

Roedd Washi'n dal yn ddiymadferth yn y fan, yn ei ddillad a heb ei sach gysgu. Walter oedd ei enw go iawn, ond Washi roedd pawb yn galw'r brawd ieuengaf o'r tri. Pwniodd Mojo ei goes, ond ddaeth dim ymateb. Pwniodd ef eto, a daeth sŵn griddfan.

'Cwyd, y bastad diog,' meddai Mojo. Sythodd Washi yn sydyn, a rhythu'n wallgof arno.

'Bolycs! Mae o'n mynd i gael *hypo*,' meddai Dicsi. 'Cer i nôl y Mars bar mae o'n gadw ar y dashbord.' Aeth Mojo i gyflawni gorchymyn ei frawd mawr, a Washi'n rhythu arno, a'i lygaid yn pefrio a phoer yn slefrian i lawr ei ên.

'Mi fyddi di'n iawn mewn munud, Washi,' meddai Dicsi yn dadol. Wedi'r cwbl, ef fu'n dad i'r ddau erioed, ac roedd wedi hen arfer â'r ffitiau a gâi ei frawd bach yn achlysurol yn sgil clefyd y siwgr.

'Di o'm yno,' meddai Mojo yn floesg.

'Ti 'di edrych ar y llawr?'

'Do.'

'Oes yna rwbeth arall iddo fo'i fyta?'

'Nac oes. Mi chwilies i.'

'Well i ni symud, 'te,' meddai Dicsi yn awdurdodol. 'Lle mae'r goriade 'na?'

'Gen ti oedden nhw. Ti oedd yn dreifio ddoe. Wyt *ti'n* cofio?'

'Nachdw.'

'Wel, lle ma'r ffycin things, 'te? Yden nhw yn y fan?'

'Nachden, mi edryches i.'

'Edrych ar lawr y fan a rownd y ffrynt,' cyfarthodd Dicsi, a sgrialodd Mojo i chwilio.

'Wela i ddim byd,' daeth llais Mojo mewn panic, 'ond 'wrach bo' nhw yma'n rhwle. Mi faswn i'n 'u gweld nhw tase hi'n oleuach.' Roedd Dicsi'n chwilota ym mhob poced ac o gwmpas cefn y fan, ond doedd dim sôn amdanyn nhw.

'Be nawn ni?' holodd Mojo yn wyllt. 'Alla fo fynd i goma fel gnath o llynadd.'

'Ffonio ambiwlans.'

'Ond mi yden ni yn ganol nunlla.'

'Mi ddôn nhw, mi fydd rhaid iddyn nhw. Lle ma dy ffôn di?'

'Does dim lot o fatri ar ôl ynddo fo.'

'Dim otsh. Deilia naw, naw, naw a gofyn am ambiwlans.'

'Dwi'm isio, fydda i'm yn gwbod be i ddeud.'

'Tyrd â fo i mi,' meddai Dicsi yn ddiamynedd. Cydiodd yn y teclyn a deialu.

'Call from mobile number 07581 65457. Emergency, which service do you require?' daeth yr ateb.

'Ambiwlans,' atebodd Dicsi. Aeth y lein yn dawel am eiliad.

'Ambulance Service, how can we help?' meddai llais benywaidd pwyllog.

'My little brother's goin' into a coma, I think. He's a diabetic, and we haven't got any food to give him, and we're on top of a mountain somewhere, but we don't know where we are.'

'Right, sir, is there anything around you that could give us a clue?' meddai'r llais yn amyneddgar, yn amlwg wedi hen arfer â thrin pobl mewn trallod.

'Mojo, cer i edrych ar y sein yna yn fan 'cw. Mi fydd hwnna'n deud rhwbeth wrthon ni.'

'Fydde'n well 'da chi siarad Cymraeg?' daeth y llais wrth glywed y cyfarwyddyd i Mojo.

'Siaradwch be liciwch chi, ond dowch yn gwic. Mae 'mrawd arall i wedi mynd i edrych ar y sein tra dwi'n aros efo Washi.' Roedd Mojo wedi mynd i edrych ar y bwrdd arddangos cyfagos oedd yn disgrifio'r olygfa dros Gwm Igwy o'r fangre hon, ac roedd yn craffu arno.

'Brysia! Ma'r batri'n mynd ar y ffycin ffôn 'ma.'

'Pwyll bia hi, bois,' meddai'r llais doeth ar ben arall y ffôn. 'Shwt mae'ch brawd chi'n edrych ar hyn o bryd?'

'Yn ffycin uffernol. Mae o'n slefrian lawr ei geg ac yn dechre ffrothian.'

'Ble mae e?'

'Yn eistedd yn y fan. Mae o wedi slympio yn erbyn y wal rŵan.'

'Reit. Rhowch e i orwedd yn dawel, ac fe ddown ni cyn gynted â phosib.' Dychwelodd Mojo.

'Be mae o'n ddeud?' holodd Dicsi.

'Ddim yn siŵr. Y Fowl neu rywbeth.' Roedd diffygion darllen Mojo yn faen tramgwydd mawr yn y sefyllfa hon.

'Oes lot o fyrddau picnic ymbwytu'r lle?' holodd y llais.

'Oes,' atebodd Dicsi.

'Y Foel?' holodd y llais.

'Y Foel?' meddai Dicsi.

'Ia, dene fo, y Foel,' meddai Mojo'n fuddugoliaethus.

'Ia, y lle picnic ar y Foel. Dowch yn gwic plis …' ond roedd y ffôn yn farw. 'Shit,' ebychodd Dicsi. Gosododd ei frawd bach i orwedd a rhoi côt o dan ei ben. Roedd ei anadl yn fyr a'i gorff fel styllen. Tynnodd ei gôt ei hun a'i rhoi drosto. 'Tania'r injan yna, wnei di, i ni gael cnesu.'

'Fedra i ddim – 'sgen i ddim ffycin goriad, nac oes,' atebodd Mojo.

*   *   *

Doedd yr wythnos ddiwethaf ddim wedi bod yn un rhy dda i'r cyn-Inspector Arthur Goss. Nid ei fod yn gwybod fawr ddim am hynny, gan iddo ei threulio mewn coma. Niwmonia oedd y diagnosis, a dos o wenwyn gwaed ar ben hynny i gymhlethu pethau go iawn. Roedd yn ddigon difrifol i'r doctor benderfynu ei roi mewn coma bwriadol ar beiriant cynnal bywyd yn uned gofal dwys Ysbyty Aber.

Doedd gormod o wisgi, dim digon o fwyd da, y fflat oer lle bu'n byw am beth amser ar ôl yr ysgariad â Gloria, a'r tywyllwch yn ei enaid ar ôl colli Branwen, ddim wedi gwneud fawr o les i'r gŵr talsyth y bu unwaith. Ar ddiwedd yr wythnos yn yr ysbyty, gorweddai fel drychiolaeth ddiymadferth.

Daeth peth gwellhad tua diwedd yr wythnos, a dihunwyd ef o'i drwmgwsg gorfodol un bore Mawrth ddiwedd mis Chwefror. Bu ei ferch, Lois, yno'n gyson yn gwylio ac yn poeni, ond nid oedd yno ar gyfer y deffro. Da o beth oedd hynny, gan ei bod yn broses eithaf brawychus i'r dibrofiad ei gwylio. Roedd digon o brofiad gan Nerys a Les, ei nyrsys, i ddygymod â chwyrlïo gorffwyll breichiau Arthur wrth iddo geisio ymladd yn erbyn y dagfa a deimlai wrth iddynt dynnu'r pibellau a fu'n gynhorthwy iddo anadlu allan o'i lwnc.

Galwodd Gloria i mewn unwaith tra oedd e yn y coma, o ran dyletswydd yn fwy na chonsérn. Arhosodd hi ddim yn hir. Daeth Llŷr, ei fab, yno sawl gwaith o Swindon, a bu mewn cysylltiad cyson â'i chwaer. Roedd hyn yn achos llawenydd i Arthur, er nad oedd e wedi gweld Llŷr ers iddo ddeffro. Roedd gwybod ei fod wedi bod yno'n ddigon, ond Lois oedd ei ymgeledd pennaf. Bu hi yno i'w weld ar ôl y datgysylltu, a gadawodd ar y nos Fawrth honno, dipyn yn hapusach fod ei thad, er ei fod yn sâl, yn gwella. '*Edrych yn crap, ond lot yn well,*' oedd y neges destun a anfonodd at ei brawd o'r maes parcio.

Doedd fawr o synnwyr ym mhen Arthur am ddiwrnod a noson gyfan, ond erbyn y dydd Mercher roedd mwy o grap ganddo ar realiti, er mai pur sigledig oedd y realiti hwnnw. Roedd yn argyhoeddedig ei fod wedi bod yn gwylio hofrenyddion oedd yn cludo cleifion yn glanio ar do'r ysbyty drwy'r nos. Dim ond Les oedd yn edrych ar ei ôl erbyn hyn.

'Lot o helicoptars neithiwr. Cadw fi'n effro drwy'r nos,' roedd Arthur wedi ceisio dweud wrtho, ond bu'n rhaid i'r nyrs glustfeinio i glywed ei lais, nad oedd nemor mwy na sibrydiad.

'Ddim neithiwr – roedd hi'n ddigon tawel. Trïwch gysgu, Arthur,' a gosododd y mwgwd ocsigen yn ôl dros ei wyneb. 'Mae un ar ei ffordd, glywes i. Falle cawn ni ymwelydd newydd maes o law,' meddai wedyn, wrth iddo gymryd sampl o waed o'r ffiol oedd yn sownd yng nghefn llaw Arthur am y canfed tro, neu felly y teimlai.

Gorweddodd Arthur yn lluddedig a gwylio'r platypws yn dringo'r waliau unwaith eto. Gwyddai nad oedden nhw yno go iawn, ond roedden nhw'n darparu rhywfaint o ddifyrrwch. Doedd dim llawer o gleifion yn y ward o'r hyn a welai – prin y gallai godi ei ben i edrych – ac roedd sgrin rhyngddo a'r gwely drws nesaf. Doedd dim sŵn na chyffro i'w clywed oddi yno. Roedd un dyn mawr ei gorffolaeth gyferbyn ag ef yn edrych yn dila iawn. Gallai weld nad oedd y sgrin uwchben ei wely'n rhy brysur, ac roedd nifer y pibellau'n dynodi bod ei gyflwr yn un difrifol. Roedd perthnasau wrth erchwyn ei wely'n gyson, yn aros am unrhyw arwydd o wellhad, ond doedd dim. Daeth meddyg i mewn i'w hebrwng nhw i ystafell gyfagos.

Ganol y bore, daeth blinder dros Arthur, a disgynnodd i drwmgwsg. Roedd y platypws yn dal yno. Deffrôdd yn fuan wedyn pan glywodd gythrwfl o'r gwely gwag drws nesaf iddo, a gallai weld gŵr ifanc diymadferth yn cael ei gludo o'r golwg i ochr draw'r sgrin. Clywodd ef yn cael ei godi i'r gwely, a'r nyrsys yn ei gysylltu â chyfarpar tebyg i'r hyn oedd ganddo ef.

Wedi'r prysurdeb, daeth heddwch am gyfnod cyn i Dr Chandra gyrraedd i asesu gwaith y nyrsys. Roedd Arthur wedi dod i adnabod y meddyg hwn o Sri Lanka oedd wedi dysgu Cymraeg. Cyfarfu'r ddau yn yr uned gofal dwys pan oedd Goss yn archwilio i achos dyn a gafodd ei losgi'n angheuol mewn tân mewn carafán yn y Berig ryw chwe mis ynghynt. Nawr, clywodd y gair 'insulin', a sôn am 'sugar intake', a chasglodd Arthur yn gywir mai trafferthion yn sgil clefyd y siwgr oedd wedi peri i'r dyn ifanc fod yn yr uned.

'All we can do now is monitor him, Marcia. Call the diabetic registrar. Dr Shah needs to be informed,' meddai Chandra wrth un o'r nyrsys, cyn troi ei sylw at Arthur. 'Shwmai, Mr Goss?' meddai, yn hwyliog. 'Rydw i'n falch o weld eich bod chi ar dir y byw,' ychwanegodd. 'Sut ydych chi'n teimlo?'

'Grêt,' sibrydodd Arthur â chrechwen, wrth dynnu ei fwgwd ocsigen.

'Dydy'ch synnwyr digrifwch ddim wedi eich gadael chi eto!' ymatebodd y meddyg yn ei Gymraeg graenus. Gososdd y mwgwd yn ôl ar wyneb Arthur. 'Mae'n rhaid i ni godi lefel yr ocsigen yma'n dipyn uwch er mwyn eich cael chi allan o'r lle yma,' meddai, a churo'r sgrin â'i fys fel petai'n curo gwydr baromedr.

'Ydych chi'n smocio, Mr Goss?' holodd.

'Ddim fama,' atebodd Arthur, wrth godi ei fwgwd unwaith eto, yna'i ollwng yn ôl ar ei wyneb. Cododd ei fawd ar y meddyg croendywyll i ddangos ei fod yn ufuddhau i'r gorchymyn am y nwy gwarcheidiol.

'Ydych chi'n fy nghofio i?' holodd y meddyg. Nodiodd Arthur. 'Fe gawn ni sgwrs yn nes ymlaen. Fe fydd y ffisiotherapydd yma cyn bo hir i ni gael tipyn o'r fflem yna oddi ar eich brest chi.' Cododd Arthur ei fawd eto. Gwenodd y meddyg ac ymadael.

*   *   *

Wedi i Dicsi a Washi adael yn yr hofrenydd, gwyliodd Mojo nhw'n hedfan draw dros y bryniau cyfagos a diflannu yn awyr glir y bore. Roedd y niwl wedi codi. Teimlai Mojo'n unig iawn yn sydyn. Y gorchymyn a gawsai gan ei frawd oedd i ddod o hyd i allweddi'r fan a'u dilyn i Ysbyty Aber.

'Be ffwc?' meddai'n dawel wrth iddo bwyso yn erbyn bonet y fan a'i ben yn isel. Roedd yn dal i grynu, er bod yr haul yn dod â rhywfaint o gynhesrwydd i'w gorff. Teimlai ar chwâl, braidd. Heb Dicsi, heb gyfeiriad. Ymhen munud brudd, cododd ei olygon.

'Shit!' ebychodd yn sydyn, pan welodd allweddi'r fan yn hongian yn ddestlus oddi ar un o'r weipars. 'Sut uffern ...?' meddai, ac estyn atyn nhw i'w dadfachu. Edrychodd o'i gwmpas mewn penbleth ac ofn cyn neidio i'r fan a thanio'r injan.

*   *   *

15

'Noson lwyddiannus?' holodd Gruffudd ap Brân ei feibion yn llafurus ac ychydig yn aneglur pan ddaeth y ddau frawd at erchwyn ei wely ben bore dydd Mercher. Roedd y niwl yn codi o'r môr, ac roedd hi'n addo diwrnod braf. Roedd Gruffudd wedi bod yn gwylio'r caddug yn codi ers y bore bach. Gallai'r nosweithiau fod yn hir. Edrych i lawr ar dref fach y Berig a bae Ceredigion y tu draw iddi drwy ffenest eang yr ystafell haul oedd ei bleser mwyaf, a'i 'ardd', fel y'i galwai, yn ddarlun dilychwin. Dyma lle bu ei wely ers y strôc. Roedd y tŷ yn fawr, ond prin y mentrai'n bellach na'r ystafell hon mwyach. Roedd y cyfleusterau angenrheidiol i gyd ganddo wrth law. 'Welais i dipyn go lew ohono,' meddai, gan gyfeirio at y sgriniau niferus oedd ar y wal gerllaw ei wely.

'Dim problem, Nhad,' meddai Carwyn, oedd yn dal i wisgo'i lifrai moto-beic.

'Chware teg iddyn nhw. Ro'n nhw wedi gadael Mars bar i mi ei fwyta ar y silff yn y fan,' ychwanegodd Gerwyn.

'Oedd y gosb yn gymesur?' holodd Gruffudd.

'Oedd, fel bob amser, Nhad,' meddai Carwyn. 'Awr neu ddwy o gwsg nawr, wy'n credu.'

'Yn haeddiannol,' meddai Gruffudd â gwên gam, ac ymadawodd y ddau frawd.

*   *   *

Fin nos, ymgasglodd y Chwiorydd yn y lladd-dy am yr adborth. Roedd angen cyflawni'r agweddau swyddogol yn gyntaf, cyn unrhyw gyfeddach. Gwisgai pob un ffedog sachliain ar gyfer y ddefod. Gwae'r sawl a anghofiai ei gwisgo – costiai rownd iddo yn y Llong wedyn. Roedd Gerwyn ac Iori yno, yn barod i gyfarch y gweision praff. Bu'r noson gynt yn un hawdd, ond gwyddent fod llafur dycnach i ddod ...

Pennod 2

Mae rhywbeth bach yn poeni pawb, yn ôl y gân. Nid defaid William Morgan oedd wedi bod yn poeni trigolion y Berig ers misoedd, fodd bynnag, ond yn hytrach teulu'r Hogarths, yn enwedig y plant, ac yn fwyaf penodol, Josh, yr hynaf, oedd yn bennaeth ar y llwyth. Roedd Alice Hogarth, oedd yn wreiddiol o'r dref, wedi etifeddu tŷ ei rhieni pan fu farw'r ddau yn sydyn. Er mawr dristwch i drigolion parchus y Berig, roedd wedi penderfynu dod adre o Birmingham gyda'i gŵr, Tyrone, a'u chwech o blant. Brici oedd Tyrone yn ôl ei alwedigaeth, ond dim ond yn ysbeidiol y byddai'n troi at lafurio, a hynny'n bur aflwyddiannus, yn ôl contractwyr lleol oedd wedi cynnig gwaith iddo ambell dro ar y slei, rhag effeithio ar ei fudd-daliadau. Roedd yn fychan ei gorffolaeth, ond yn uchel ei gloch ym mhob cwmni, rhywbeth oedd heb ychwanegu at ei boblogrwydd yn y gymdeithas. Roedd y ffaith ei fod yn Frymi i'r carn ac yn mynnu taflu hyn i wynebau'r bobl leol fel rhyw fath o her wedi cael effaith andwyol ar ei apêl hefyd. 'I'm a Brummie, and we Brummies don't do Welsh, alright?' oedd y geiriau a gododd wrychyn sawl un. Roedd y gwaith lleol wedi hen fynd yn hesb iddo oherwydd hyn – ac oherwydd ei ddiogi.

Roedd Alice yn llawer mwy na'i gŵr o ran hyd a lled. Yn y tŷ fyddai hi fel arfer, yn ychwanegu at ei lled. 'O'n i'n diw i ga'l gastric band pan o'n i yn Birmingham, ond ma'n nhw wedi tynnu fi off y list ers i fi ddod 'ma. Smo nhw'n fodlon rhoid un i fi fan hyn. Ma'r National Health yng Nghymru'n ffars. 'Na beth mae Tyrone yn weud, a wy'n cytuno 'da fe,' clywyd hi'n dweud yn swyddfa'r post ryw ddiwrnod.

Tair merch a thri bachgen oedd gan y cwpwl. Saith, wyth a deg oed oedd y merched, ac roedden nhw eisoes yn creu problemau yn ysgol gynradd y dref, yn ôl y prifathro. Ond y meibion, oedd yn ddeuddeg, pymtheg ac un ar bymtheg oed, oedd yn achosi'r boen fwyaf hegar i Ysgol Gyfun y Rhewl ac i'r Berig.

Cyrhaeddodd Josh, yr hynaf, ei gynefin anghyfar-wydd, a phenderfynu gosod ei stamp ar y 'bumpkins' fel y galwai'r plant lleol. Roedd yn fachgen heglog, praff, ac os oedd trafferth i'w chael, roedd Josh fel arfer yn rhywle yn ei chanol hi. Y pryder mwyaf i rieni plant y Berig oedd fod Josh wedi dechrau casglu ambell un arall o lanciau ifanc y dref i'w ganlyn ef a'i frodyr. Llaes oedd eu moes a Saesneg oedd eu hiaith. Bu sôn eu bod yn gwerthu cyffuriau i ddisgyblion Ysgol y Rhewl, ond doedd dim tystiolaeth o hynny. Bu sôn hefyd fod Josh yn fwli yn yr ysgol, a chafodd ei wahardd am gyfnod am fygwth athro.

Yn ddiweddar, roedd y bechgyn wedi cael gafael ar un o'r beiciau modur bychain hynny sydd ag olwynion fawr mwy nag olwyn berfa, ac roedden nhw wedi bod yn cymryd eu tro i hyrddio'u hunain trwy strydoedd cyfyng y Berig arno. Roedd sŵn, roedd perygl ac roedd y cyfan yn llyffethair ar y trigolion. Roedd sawl un wedi ceisio mynegi eu hanfodlonrwydd wrth y criw, ond yr unig ymateb a gawsant oedd bys canol yn yr awyr wrth i'r beic hedfan heibio iddynt. Galwyd yr heddlu yn y diwedd, ac aeth Sarjant Murphy a Karen, plismones ifanc o orsaf heddlu y Rhewl, ar ymweliad prin â'r Berig drannoeth yr alwad. Ers busnes y tân yn y garafán yr haf blaenorol, a'r cyffro'r un pryd pan fu'r heddlu'n ymlid dihirod oedd yn mewnforio cyffuriau drwy'r porthladd bychan, roedd heddwch wedi dychwelyd i'r Berig, a phrin fu'r angen am sylw. Roedd y dref fach lan môr yn edrych ar ei hôl ei hun, haf a gaeaf. Y neges gan y Prif Gwnstabl oedd gadael llonydd iddi. Doedd hyn, wrth gwrs, yn ddim i'w wneud â'r ffaith fod Gruffudd ap Brân wedi bod yn gadeirydd pwyllgor yr heddlu ers achau, ac yn gyfaill personol i'r Prif. Roedd y Frawdoliaeth yn agos at ei galon hefyd – wedi'r cwbl, roedd yn fuddsoddwr ym Menter y Berig, ac yn gredwr taer yn holl athroniaeth y lle. Gwyddai'n iawn am fodolaeth y Chwiorydd, ac roedd yn edmygydd tawel o'u dulliau. Gallent hwy, a gweddill trigolion y Berig o ran hynny, fod yn dawel eu meddwl na chaent yr anghyfleustra o orfod chwythu i unrhyw beiriant profi lefel alcohol y gwaed pe digwyddai i un ohonynt fod wedi cael diferyn yn ormod cyn gyrru adref.

Yn anfoddog, felly, y galwodd Murphy yn nhŷ'r Hogarths, gan mai am eu plant nhw y gwnaethpwyd y gŵyn. Rhoddwyd rhybudd i Mr Hogarth, oedd yn honni na wyddai ddim am unrhyw anfadwaith. Roedd y plant yn yr ysgol.

Gwyliodd Gruffudd ap Brân nhw'n cyrraedd ac yn ymadael ar y wal sgriniau o'i gadair ger y ffenest.

'Ddaw yna fawr ddim o hynny,' meddai'n ddilornus. Roedd wedi bod yn gwylio'r beic yn hyrddio rownd y strydoedd y nosweithiau cynt. Roedd y camerâu newydd o gwmpas y dref yn gwneud eu gwaith.

'Pwy ffoniodd, sgwn i?' sibrydodd yn dawel. 'Branwen,' gwaeddodd.

'Ie, Nhad, eich mawrhydi,' daeth llais cellweirus Branwen o'r tu ôl iddo, yn llawer rhy agos i fod angen gweiddi arni, a hithau newydd gyrraedd, yn cario cwpanaid o de prynhawn i'w thad.

'O, sori, wyddwn i ddim dy fod di yno,' meddai Gruffudd. Doedd e ddim am bechu ei rosyn o ferch, ei eilun. Ers iddi ddychwelyd o Lundain gyda'i dau fab ar ôl ei hysgariad, roedd Gruffudd wedi dechrau dibynnu llawer mwy arni, ac yn fwy fyth ers iddo gael y strôc. Roedd Anest y nyrs ganddo, ond roedd Branwen yn ddifyrrwch iddo, ac yn fodd o gadw'r adrenalin yn llifo drwyddo â'i barn gall ar bob sefyllfa.

'Te?' holodd Branwen.

'Diolch. Galwa Carwyn a Gerwyn draw yn nes ymlaen, wnei di?'

'Oes angen i mi fod yma?'

'Na, dwi ddim yn meddwl. Dim byd mawr. Cer di am adre.' Cododd Branwen ei ffôn symudol ac anfon neges destun at y ddau frawd. 'Dyna ni. Wedi gwneud yn ôl dymuniad y teyrn,' meddai'n ffug-goeglyd. Gwenodd ei thad. 'Wela i chi fory,' meddai. Rhoddodd gusan ar ei foch ac ymadael.

Tua'r un adeg, aeth fan ddu, ddi-nod heibio ar y sgrin. Ni sylwodd neb arni. Gellid ei gweld yn gadael yn nes ymlaen, yr un mor ddi-nod, ar hyd y lôn gul allan tua'r ffordd fawr.

*   *   *

Deffrôdd Arthur o glywed y lleisiau o'r tu draw i'r sgrin rhyngddo a'r gwely drws nesaf. Roedd y platypws yn dechrau ar eu taith o amgylch y waliau unwaith eto.

Roedd Les, ei nyrs, yn eistedd wrth ddesg nid nepell oddi wrtho, yn ysgrifennu nodiadau. Roedd y platypws yn ymddangos yn hollol real, ond roedd rheswm Arthur yn gwrthod derbyn eu bodolaeth.

'Oedd o fel hyn tro dwetha aeth o i goma?' holodd Mojo ei frawd hŷn, hollwybodus, tra oedd y ddau'n eistedd yn flinedig a blêr wrth erchwyn gwely Washi.

'Mi ddoth o rownd lot cynt tro dwetha, ond doedd o ddim wedi bod yn y coma mor hir y tro ene,' atebodd Dicsi.

'Fydd o'n olreit, yn bydd?'

'Wn i'm.'

'Ti wedi ffonio Dad?' holodd Mojo wedyn.

'Nachdw.'

'Pam?'

'Ddim yn gwbod be i ddeud. Ffonia di o.'

'Na, well i ti neud. Mi fase fo'n disgwyl i ti neud. Ti 'di'r hyna'.' Bu saib eitha hir cyn i Mojo siarad eto. 'Ti'n cofio rwbeth am neithiwr? Sut daethon ni i fod yn y lay-by yna yn ganol nunlle?'

'Nachdw,' atebodd Dicsi yn swta, yn dechrau blino ar gwestiynau diddiwedd ei frawd.

Parhaodd Mojo heb sylwi ar y dicter yn llais Dicsi. 'Y cwbwl dwi'n gofio ydy'n bod ni ar y ffordd i'r Berig 'na, a'r peth nesa, roedden ni …'

'Cau dy geg, y bastad gwirion,' meddai Dicsi'n ffyrnig. 'Wyddost ti ddim pwy sy'n gwrando.'

'Be? Yn fama?'

'Jest cau dy ben, da chdi.'

Roedd clywed sôn am y Berig wedi dal sylw Arthur. Roedd cynneddf y plismon yn dal i fod ynddo, hyd yn oed os oedd yn gweld anifeiliaid dychmygol o Awstralia'n cropian ar hyd y waliau.

'Ddoist ti'n gwic wedyn. Mi ffendiest ti'r goriade.'

'Do.'

'Lle oedden nhw, 'te?' holodd Dicsi.

'Yn hongian ar y weipars, yn neis ac yn daclus.'

'Sut gythrel aethon nhw i fan 'no?'

'Wn i'm, ond ddim fi roth nhw yno,' meddai Mojo'n amddiffynnol.

'Mi o'dd rhywun wedi'n dympio ni yno, a 'den ni'n cofio bygar-ôl amdano fo,' meddai Dicsi ar ôl eiliad o bendroni. 'Mae hyn yn ffycin sbŵci,' ychwanegodd wedyn.

'Ydy dy ben-ôl di dipyn bach yn sôr?' holodd Mojo ar ôl ysbaid.

'Ydy. O'n i'n meddwl ma' dim ond fi oedd. Oes gen ti boen?'

'Oes. Fel tase rhywun wedi sticio rhwbeth reit yng nghig 'y nhin i.'

'Finne hefyd.'

'Ti'n meddwl 'i fod o rwbeth i'w wneud efo plwm, Dicsi? Dyna pam oedden ni'n mynd yno. Ti'n gwbod 'i fod o'n ofnadwy o poisnys.'

'Paid â siarad trwy dy din! Dwi'n mynd am smôc.'

'Ddo i efo chdi. Dydy edrych ar Washi fel hyn yn dda i 'mbyd,' meddai Mojo, a gadawodd y ddau.

Edrychodd Arthur ar y nenfwd. Roedd wedi dod i adnabod pob un o'r teils polystyren. Roedd wedi meistroli'r teclyn oedd yn rheoli ei wely, a gwasgodd y botwm. Plygodd y gwely i'w godi'n fwy ar ei eistedd. Teimlodd bwl o beswch yn dod, a chododd Les o'i ddesg i roi cymorth iddo.

'Da iawn, Arthur,' meddai. 'Cael gwared o hwnna sy raid.' Wedi'r pwl, ymlaciodd Arthur a gwenu ar Les.

'Dwedwch i mi, oes yna blatypws o gwmpas y lle 'ma?' holodd yn floesg.

'Oes, cofiwch, drwy'r amser yr adeg yma o'r flwyddyn – mae'n mating season.'

'O'n i'n amau braidd,' ymatebodd Arthur â gwên. 'Sut mae'r bachgen drws nesaf?'

Crychodd Les ei drwyn, cystal â dweud nad oedd pethau'n argoeli'n rhy dda.

'Bydd Dr Chandra'n dod yma cyn bo hir. Gwisgwch y mwgwd ocsigen yna, neu mi fydda i'n cael drwg,' meddai, cyn dychwelyd at ei nodiadau wrth ei ddesg.

Roedd clywed enw'r Berig wedi rhyddhau ton o atgofion yn Arthur am ddigwyddiadau'r haf blaenorol cyn ei ymddeoliad: y tân yn y garafán, Prendegast a'i luniau, Stanley a'r Special Branch, neu bwy bynnag oedden nhw, y Frawdoliaeth, teipysgrif Ezra Lake, oedd yn dal ganddo, yr Ap a'i feibion, a Branwen. Gwingodd wrth feddwl amdani. Nid oedd whisgi i liniaru atgofion yn yr ysbyty, dim ond y platypws. Faint o hynny oedd yn freuddwyd? Faint o hyn oedd yn freuddwyd? Oedd y bachgen ifanc yn y gwely nesaf yno o gwbl? Ai dychymyg pur oedd y cyfan, fel y platypws?

Llithrodd yn ôl i hepian a deffro ambell waith i ddadansoddi teils y nenfwd.

*   *   *

Dyn mawr o gorff yn ei dridegau hwyr oedd Gerwyn, yn wahanol i'w frawd iau, Carwyn, oedd yn llai, ond yn fwy miniog ei feddwl. Roedd ymweliadau cyson Gerwyn â'r gampfa a'r lolfa godi pwysau, a'r poteli o ategolion bwyd o gwmpas y gegin yn sicrhau amlygrwydd ei gyhyrau. Bu tabledi steroidau o gymorth hefyd ers iddo roi'r gorau i chwarae rygbi. Roedd ei faint a'i agwedd herfeiddiol yn hawlio parch – yn ei gwmni, o leiaf. Ers y Nadolig, roedd wedi ymgymryd â rhedeg y lladd-dy newydd a ddaethai'n rhan o gwmni Daliadau'r Berig. Bu'n gyfrifol am y siop tships a'r bar yn y maes carafannau cyn hynny, ond roedd datblygu'r lladd-dy'n sialens newydd, a dull rheoli Gerwyn yn fwy addas at yr awyrgylch *macho*. Doedd negydu a chydlynu ddim yn ei waed. Gorfodwr ydoedd o ran ei natur, a phrin oedd y bobl a safai yn ei ffordd. Roedd ei sgiliau digymrodedd wedi bod yn gaffaeliad yn aml, ond rhaid oedd ei ffrwyno. Dim ond ei deulu oedd yn medru gwneud hynny. Roedd ei dymer yn deillio o ryw deimlad o ansicrwydd a darddai o'r gymhariaeth amlwg rhyngddo ef a llwyddiant academaidd ei chwaer fawr a'i frawd bach. Ond roedd yr ansicrwydd yn diflannu'n raddol, ac roedd hyder yn ei ymarweddiad yn y misoedd diwethaf. Dim ond ei frawd a'i dad a wyddai o ba le y deilliai'r hyder newydd hwn, a pha lwyddiant a esgorodd arno. Roedd ei osgo'n dawelach, ond roedd rhywbeth gwyllt yn llechu yn ei lygaid o hyd.

Roedd brand y Berig wedi llamu ymlaen. Daliadau'r Berig oedd yn berchen ar bron bob agwedd o fywyd y dref bellach, ac roeddent wedi ymestyn y tu hwnt i'r ardal leol. Roedd busnesau o bob cwr wedi bod yn falch i ymuno â nhw, neu i werthu eu hunaniaeth i ddod o dan ymbarél y brand llwyddiannus. Bellach roedd llaeth, menyn, cig a chaws y Berig, cwrw'r Berig, a brand dillad y Berig, yn seiliedig ar y syniad o frethyn cartref. Roedd Moduron y Berig, bysiau a lorïau'r Berig, gwesty moethus, clwb golff a marina. Roedd y ffaith fod cwmni teledu am leoli stiwdio yno, a chwmni dylunio eisoes wedi rhentu lle ar y stad ddiwydiannol newydd, yn codi'r proffil proffesiynol. Roedd hyd yn oed banc ar gyfer y trigolion. Banc y Ddafad Ddu oedd yr enw anorfod.

Roedd popeth ar ei brifiant ac yn cyfleu ansawdd da. Roedd twristiaid yn tyrru i'r dref bob haf, ac roedd digwyddiadau lu i'w diddori. Roedd cerddorion a pherfformwyr o bob math yn dod i ddangos eu talentau ar y strydoedd, ac yn y tafarndai a'r bwytai. Roedd Jo-jo'r clown yn gwneud ei ffortiwn yn diddanu'r plant â'i feimio a'i ddynwared, a dau fysgar gitâr glasurol yn gwneud yr un modd â'u rhieni. Ni châi perfformwyr Saesneg groeso, ysywaeth. Fyddai'r un o'r trigolion yn beiddio gadael ei gar mewn man parcio i bobl ag anabledd, na gollwng sbwriel ar y stryd, ac yn sicr, ni fyddai'r un o'r amryw gŵn yn cael gadael ei faw ar y stryd. Byddai Gruffudd neu un o'r swyddogion diogelwch yn eu gweld ar fonitorau niferus y camerâu, a byddai ymweliad digon annifyr gan un o'r swyddogion yn dilyn. Ni ddôi swyddogion yr awdurdod lleol i'r dref ac eithrio i wagio'r biniau, a phrin y dôi'r heddlu ar gyfyl y lle. Roedd hen ddigon o staff yn y Berig i reoli parcio, diogelu nofwyr, glanhau'r ffyrdd, a mwy.

Roedd trydan yn rhatach trwy gyfrwng y felin drydan dŵr yn y bryniau oedd yn diwallu rhan helaeth o anghenion trigolion y dref. Roedd cyflogau'n gystadleuol, a doedd neb am gorddi'r dyfroedd na throi'r drol. Roedd yr elw'n cynyddu a'r cyfranddalwyr, y Frawdoliaeth, yn hapus ac yn falch o ddod am wyliau o bedwar ban byd i'r nirfana fechan hon. Ond yr hyn oedd yn dechrau dal sylw'r cyfryngau nid yn unig yng Nghymru, ond yn Lloegr ac America hefyd, oedd bod popeth yn Gymraeg. Yma, daethai'r Gymraeg yn *chic*.

Doedd bod yn rhatach ddim yn nod gan frand y Berig, dim ond bod yn well. Roedd eu golygon ar werthu i siopau yn Llundain, Birmingham a Lerpwl yn y lle cyntaf. Roedd iard peirianneg ysgafn a sgrap o dan adain y cwmni, hyd yn oed, oedd yn anffodus i'r brodyr o Fangor, am mai dyma lle'r aethon nhw i werthu eu casgliad dyddiol a holi a oedd galw am blwm.

Bu tipyn o sylw ar y newyddion i'r ffaith i ryw Sais gael ei ddiarddel o'r clwb hwylio am gwyno bod cymaint o bobl yn siarad 'Gobldi' yn ei ŵydd, ac yn gyndyn iawn i droi i'r Saesneg er ei fwyn. Rhoddodd Carwyn gyfweliad deheuig a dilornus ar *Wales Today* mewn ymateb i hyn, ac yn eironig ddigon, cynyddodd apêl y Berig i ymwelwyr di-Gymraeg o'r herwydd.

*　　　*　　　*

Roedd estyniad i'r diwrnod gwaith yn anorfod fin nos. Roedd eu tad wedi galw, ac roedd Gruffudd a'i ddau fab yn gwylio recordiad o'r beic bach yn hyrddio rownd y strydoedd ar y sgrin. Roedd Gruffudd yn ddeheuig iawn wrth ddilyn digwyddiadau'r dref drwy'r camerâu oedd yn cadw gwyliadwriaeth dros ei deyrnas.

'Chafodd ymweliad Sarjant Murphy fawr ddim effaith, 'te,' meddai'n flin. Roedd y beic a'r Hogarths yn frycheuyn ar berffeithrwydd ei ddelwedd.

'Gadewch bethau i mi, Nhad,' meddai Gerwyn. 'Mae cyfarfod y Chwiorydd heno.'

'Wyt ti angen i fi ddod?' holodd Carwyn.

'Na, ddim tro hyn. Fe ddof i a'r Chwiorydd i ben â hyn yn nêt,' meddai Gerwyn, â gwên o bleser ar ei wyneb llydan. 'Oes 'da chi recordiad o'r bois 'na'n dwyn plwm o do'r eglwys? Licen i wylio hwnna cyn y cyfarfod heno.' Trodd Gruffudd at allweddellau'r cyfarpar golygu ger ei wely i ddarganfod y recordiad priodol. Roedd yn feistr ar ei drin bellach, er mai dim ond un llaw oedd yn gweithio'n iawn. Roedd yr un mor feistrolgar yn trin dolen ei gadair olwyn drydan. Gallai gerdded yn weddol, ond haws oedd defnyddio'r gadair.

Bechgyn praff o ffermydd lleol oedd y Chwiorydd, a deuent at ei gilydd o dan ofal Gerwyn ar achlysuron pan oedd eu hangen ar gyfer materion 'diogelwch' anarferol. Roedd tipyn o sbri i'w gael o dan adain y Frawdoliaeth, a buddion eraill yn dod yn sgil eu cymorth. Roedd rhwydd hynt iddyn nhw ymdrin â'r materion a godai yn y modd mwyaf priodol. Roedd pawb yn gwybod yn iawn pwy oedd y Chwiorydd, a doedd neb yn gwybod chwaith, ond roedd eu bodolaeth yn rhoi sicrwydd i bobl y Berig, a doedd dim gwrthwynebiad iddynt. Merched Beca oedd eu hysbrydoliaeth, ond tawel a diffwdan oedd eu dull, ac roedd yn orfodol peidio â thrafod na brolio unrhyw weithred y byddent yn ei chyflawni.

Dechreuodd Gruffudd y ffilm. Roedd digon o lewych gan y lloer i oleuo'r digwyddiadau ger yr eglwys. Gellid gweld fan Dicsi a'i frodyr yn cyrraedd ar hyd y lôn gefn ac yn clwydo o dan gangen yr ywen fawr. Roedd y Chwiorydd yn aros am y tri brawd yn rhywle yn y tywyllwch rhwng y cerrig beddau. Arhosodd Washi ger y fan tra oedd Mojo a Dicsi'n dadlwytho ysgol hir a'i chario at wal yr eglwys. Ni ellid gweld Gerwyn yn cripian at Washi yng nghysgod y goeden, na'r 'chwaer' oedd gydag ef. O fewn munudau wedyn, gellid ei weld yn glir yn dynesu'n llechwraidd at y ddau arall ger wal yr eglwys. Doedd y ddau syrínj bach yn ei law ddim i'w gweld. Roedd Carwyn a dwy 'chwaer' arall yn llechu yn y dirgel. Roedd plannu'r nodwyddau ym mhenolau Mojo a Dicsi'n weithred gyflym a diffwdan. Trodd y ddau i fygwth am eiliad neu ddwy cyn disgyn yn swp i'r llawr. Tawel oedd y ffilm ar y sgrin.

Llwythwyd y tri brawd yn ddiseremoni i gefn y fan gan y cysgodion. Ni ellid eu gweld yn ysgwyd llaw â Gerwyn a Carwyn cyn diflannu o olwg y camera. Gellid gweld y fan yn gadael wedyn. Nid oedd Gerwyn i'w weld wrth y llyw yn glir.

'Effeithiol neu beth?' meddai Gerwyn yn orchestol. 'Noson dda o waith, Carwyn. Ddôn nhw ddim 'nôl ar hast.'

'Na wnân, sbo,' meddai Carwyn. 'Mae dulliau llai amlwg yn gweithio weithiau, ti'n gweld.'

'Doedd dim angen Iori, 'te?' holodd Gruffudd, oedd yn hoff iawn o'r 'chwaer' hwn.

'Mae talentau Iori'n iawn yn eu lle. Doedd hwn ddim yn un o'r llefydd hynny,' atebodd Carwyn. 'Wyt ti wedi talu'r Chwiorydd?' gofynnodd i Gerwyn.

'Mae'r Chwiorydd yn neud yn iawn, paid ti â becso,' meddai ei frawd. 'Reit, busnes y beic 'ma.'

'I'r gad,' meddai Gruffudd. Trodd y ddau fab am y drws. Daeth Anest y nyrs i mewn. 'Mae dyn BT wrth y drws, Mr ap Brân. Yn sôn am ypgredio'r broadband neu rywbeth.' Gallai Gruffudd weld y fan wedi'i pharcio wrth y gât ar un o'r sgriniau.

'Fi ffoniodd nhw, Nhad, i weud bod y signal wedi arafu braidd. Wna i sorto pethau,' meddai Carwyn.

'Sorta di, sorta di,' meddai Gruffudd, yn falch o drosglwyddo materion gweinyddol i'w fab.

*   *   *

Roedd Branwen a'i sgiliau cyfreithiol yn gaffaeliad mawr i'r cwmni. Er nad oedd hi ar y bwrdd rheoli fel ei brodyr, gyda hi roedd Gruffudd yn trafod ei freuddwyd gan mwyaf. Prin y câi hi'r cyfle i dreulio amser yn y ganolfan arddio roedd yn bennaeth arni, na gyda'i cheffylau ger ei bwthyn ar lan afon Igwy. Byddai'n neilltuo amser hamdden pan ddoi ei meibion adref o'u hysgol breswyl ar wyliau, ond heblaw am hynny, roedd oriau segur yn bethau prin, ac roedd hi'n cyflogi pobl i drin y ceffylau a chadw'r tŷ iddi erbyn hyn. Roedd y Berig yn mynnu ei sylw i gyd. Dyna oedd y bwriad, p'un bynnag, ond doedd Arthur Goss ddim wedi troi'n atgof pell eto. Roedd y briw yno o hyd, a'r gwacter hwn y ceisiai ei lenwi â gwaith. Perthynas fer, annhebygol, anghyfleus fu hi, a cheisiai Branwen ddileu atgof ei ymadawiad yn ddyddiol. Gwrthododd Arthur ymuno â breuddwyd ei thad, a thrwy hynny, fe'i gwrthododd hi hefyd. Trodd hithau ei hegni at y freuddwyd wedyn. Roedd ambell flewyn brith yn ei gwallt, ond roedd yn dal i fod yn fenyw drawiadol o hardd, a hynod rywiol.

Margaret, oedd yn gweithio yn y caffi yn y ganolfan arddio, ac a ystyriai ei hun yn dipyn o *confidante* i Branwen, ddywedodd wrthi. 'Chi'n gwbod eich ffrind,' meddai'n wylaidd un bore, ar achlysur un o ymweliadau prin Branwen â'r ganolfan. Gwyddai gweithwyr y ganolfan i gyd fod Arthur Goss yn dipyn mwy na 'ffrind'.

'Pa ffrind?' holodd Branwen.

'Y ffrind 'na o'ch chi'n ei weld a ddim moyn gweud wrth neb bo' chi'n ei weld e,' meddai Margaret yn betrusgar, yn ystyried oedd hi wedi croesi ffin gyda'i chyflogwr.

'Beth y'ch chi'n feddwl "gweld"?'

'Chi'n gwbod, *gweld*,' meddai Margaret yn arwyddocaol. 'Y boi 'na oedd yn dditectif 'da'r polîs,' meddai'n ddewr, wedi penderfynu cydnabod pa mor hyddysg oedd hi mewn clecs lleol.

'Beth amdano fe?'

'Ma fe yn yr ysbyty. Yn wael iawn, glywes i. Meddwl dylech chi wbod.'

'Pa ysbyty?'

'Aber.'

'Diolch, Margaret. Roeddech chi'n iawn i ddweud. Peidiwch â phoeni.' Ciliodd Margaret. Pendronodd Branwen.

*   *   *

Rywbryd yng nghanol y nos daeth cyffro ar y ward gofal dwys. Ni welai Arthur y claf, dim ond wynebau'r tîm meddygol wrth iddyn nhw fynd a dod drwy'r llen rhyngddo ef a'r gwely drws nesaf.

'He's fitting,' meddai nyrs oedd yn gofalu am Arthur weithiau. Ni wyddai ei henw. Roedd hi'n siarad ar y ffôn wrth y ddesg yng nghanol yr ystafell. 'We've given him lorazepam.' Wedyn saib. 'Dr Shah is with him,' ac yna saib eto. 'OK, see you in ten minutes.'

'He's calmed down a bit,' meddai llais nyrs o'r ochr draw i'r sgrin.

'Go and ask his brothers if there's any history of

epilepsy,' daeth llais y meddyg. 'They're in the waiting room. His sugar levels are fluctuating badly. Get some more insulin into him.' Bu heddwch am gyfnod wedyn, ac ymadawodd y doctor a'r nyrs.

Pan gyrhaeddodd Dr Chandra, roedd yn amlwg newydd ddeffro a dod o'r fflat a ddefnyddid gan y meddygon brys.

'Get some atropine and adrenaline ready, we might need them,' meddai Chandra. 'Are those paddles ready?' Roedd Arthur wedi gweld digon o gyfresi drama meddygol ar y teledu i wybod bod hyn yn golygu bod pethau'n go dywyll ar y bachgen ifanc. Gwelsai Arthur y crwt y prynhawn cynt pan symudwyd y sgriniau am ychydig. Gorweddai'r llanc tenau yno'n ddiymadferth, a gwifrau dros ei gorff. Tua un ar bymtheg oed, meddyliodd Arthur. Dychwelodd y nyrs o'r ystafell aros.

'I couldn't get much sense out of them, but the older brother seemed to remember he had some sort of fit when he was about six.'

'He's arresting,' meddai un o'r nyrsys oedd wrth y claf yn ddisymwth, ac roedd sŵn prysurdeb mawr.

'Right, stand back,' clywodd Arthur lais awdurdodol Dr Chandra. Wedyn gwich y peiriant dadebru'n codi stêm, a chrac pan anfonwyd y sioc drwy'r claf.

'Nothing, Doctor.'

'Right, we'll shock him again. Stand back.' Sioc eto, a chlywodd Arthur gorff y bachgen yn ysgwyd trwyddo. Digwyddodd hyn ddwywaith eto cyn i Arthur glywed llais Chandra'n dweud, 'Right, thanks everybody. That's it, I think. Nothing more we can do. Time of death …' Roedd munud o dawelwch parchus. 'I'll see the brothers.'

Daeth nyrs at wely Arthur pan welodd y pryder ar ei wyneb.

'Dy'n ni ddim yn ennill bob tro,' meddai hi'n dawel. Roedd digwyddiadau'r noson yn amlwg wedi cael effaith arni. Gwenodd Arthur arni a chydio yn ei llaw.

'Fe enilloch chi efo fi, a diolch am wneud,' meddai'n floesg. Gwenodd hithau'n ôl arno cyn troi i nodi lefel yr ocsigen yn ei waed ar y sgrin. Roedd ei gwaith yn parhau.

*   *   *

Fore trannoeth, roedd y gwely drws nesaf yn wag yn aros am yr argyfwng nesaf, nyrsys newydd yn dod ar er eu shifft, ac roedd cyflwr y gŵr diymadferth yn y gwely gyferbyn ag Arthur yn dirywio wrth ei golwg hi.

'Ydy o wedi gwaethygu?' holodd Arthur pan ddaeth y meddyg at ei wely.

'Ydy,' meddai Chandra. 'Fe wnawn ni'n gorau,' meddai wedyn, ond roedd ei ymarweddiad yn dweud nad oedd fawr o obaith am wellhad. Gwenodd Chandra ar Goss ac ymadael.

Pennod 3

Roedd tridiau wedi bod ers y 'dadebru'. Roedd Arthur wedi yfed cwpanaid o de, ac am ryw reswm, cafodd awydd am frechdan a banana. Roedd yn syndod iddo mai dyna a ddymunai wedi bron i bythefnos heb fwyd. Roedd blas cas ar y cyfan, ond bwytaodd.

'Y Ventolin sy'n gwneud hynny,' meddai Dr Chandra wrtho, gan gyfeirio at y mwgwd ocsigen a'r botel feddyginiaeth oedd ynghlwm wrtho pan welodd Arthur yn troi ei drwyn ar y bwyd. 'Bwyd gyntaf, Ventolin wedyn. Dyna'r ateb. Rhaid i chi ddechrau bwyta. Yfwch y rhain hefyd,' meddai, a rhoi dwy botel o hylif maethlon ar y bwrdd dros ei wely. 'Mae'r rhain yn blasu'n ofnadwy hefyd, ond maen nhw'n basbort allan o'r lle yma. Yfwch nhw, ac fe gewch chi fynd i ward arall.'

'Iawn,' meddai Arthur yn wylaidd, ond â thipyn mwy o lais nag a fu ganddo'r diwrnod blaenorol.

'Ydych chi'n dal i weld y platypws?' holodd Chandra. Nodiodd Arthur. 'Chi'n lwcus mai dim ond platypws ry'ch chi'n ei weld,' meddai Chandra â gwên.

'Trueni am y bachgen drws nesaf,' meddai Arthur.

'Ie. Mae'n waeth pan maen nhw'n ifanc. Mae ysbytai'n lleoedd peryglus, neu dyna beth mae'r cyfryngau'n ei ddweud. Mi fyddwch *chi*'n iawn, o leiaf. Mae lefel yr ocsigen yn codi'n dda. Cadwch y mwgwd yna ymlaen.'

'Chi'n gwybod pam oedd e yma?' holodd Arthur.

'Rwy'n gyfarwydd â'r symptomau, ond ddim yr achos,' atebodd y meddyg yn ddoeth. 'Trwsio pobl yw fy ngwaith i. Fydda i ddim yn holi pam. Dyw barnu ddim yn rhan o'r swydd,' ychwanegodd.

'Beth am y dyn acw?' holodd Arthur, a chyfeirio at y gwely gyferbyn. 'Dydy o'n ddim gwell?'

'Nac ydy.'

'Dydy hi ddim yn argoeli'n dda, felly.'

'Na, a dyna ddigon o gwestiynau ditectif. Canolbwyntiwch chi ar wella.' Roedd rhywbeth arbennig am y meddyg hwn – sensitifrwydd a chadernid meddyliol yn un. Roedd yn adnabod ei gleifion ac yn gwybod sut i ymdrin â nhw.

'Oeddwn i'n sâl iawn?' holodd Arthur. Nodiodd Chandra wrth ddarllen siart ar waelod ei wely.

'Pa mor sâl?'

'Rhowch hi fel hyn – byddwch yn ddiolchgar eich bod chi yma i weld y platypws.'

'Dwi wrth fy modd!' meddai Arthur â gwên gellweirus 'Chi'n gweithio gwyrthiau yma!' ychwanegodd, i geisio mynegi rhyw fath o werthfawrogiad o ymdrechion y staff.

'Ddim bob tro,' meddai Chandra. 'Yfwch rheina,' cyfeiriodd at y ddwy botel eto, 'ac fe gewch chi ddianc.' Cydiodd Arthur mewn un yn ufudd, agor y caead a chymryd dracht o'r hylif.

'Ych a fi,' meddai. Gwenodd y meddyg.

'Yfwch,' meddai, ac ymadael. Gwelodd Arthur Lois, ei ferch, yn hofran yn y cefndir yn aros i'r meddyg fynd.

'Ti'n well, 'te,' meddai hi wrth blygu drosto i roi cusan ar ei foch.

'Yn llawn awyddfryd pur,' meddai Arthur yn goeglyd wrth geisio yfed llymaid arall. 'Ych a fi,' ychwanegodd.

*   *   *

Fin nos, ymgasglodd hanner dwsin o'r Chwiorydd yn nhafarn y Llong. Roedd y diwrnod gwaith wedi dod i ben, ond roedd dyletswydd a difyrrwch arall i'w cael yma. Dim ond Gerwyn oedd gyda nhw. Roedd y fferyllfa ar agor yn hwyr heno, a gwaith gan Carwyn i'w wneud. Nid tasg swyddogol oedd hon, ac nid oedd gwahoddiad i'r bois diogelwch yn eu lifrai nac i Iori a'i allu arbennig. Dofi ŵyn bach oedd y bwriad.

Ymgasglodd grŵp o fechgyn ar gyfer eu difyrrwch hwythau gyda'r beic a fu'n gymaint o destun trafod a chwyno o gwmpas y dref. Roedd petrol wedi dod o rywle, ac roedd y beic yn barod i gael hyrddio o gwmpas y strydoedd cefn cul fel gwenynen wallgof unwaith eto. Daeth ei sŵn yn glir i glustiau'r yfwyr yn y Llong.

Roedd gwaith paratoi wedi ei wneud, a chwistrellwr golchi ceir wedi ei gysylltu â thap ger un o'r tai yn y stryd. Arhosodd y Chwiorydd eu cyfle. Roedd Josh ar ei ffordd. Clywyd ef yn dynesu. Roedd llawer o'r trigolion wedi dod allan i wylio ar ôl clywed y sibrwd am dynged arfaethedig y llanc. Chawson nhw mo'u siomi. Wrth i'r beic ddod rownd y gornel, saethodd chwistrelliad o ddŵr o safn y bibell yn nwylo Gerwyn ar draws y ffordd a disodli'r marchog swnllyd. Aeth y beic yn ei flaen am ychydig cyn dymchwel, a'i farchog yn eistedd yn gleisiog ac yn wlyb yn y ffordd. Roedd cryn guro dwylo gan y trigolion.

Amgylchynodd y Chwiorydd y llanc wrth iddo feddwl sut y gallai ddianc, ond roedd y cylch wedi cau, a Gerwyn yn sefyll uwch ei ben a'r gwn dŵr yn ei law fel petai'n barod i saethu eto.

'You bastards, you could have killed me!' meddai Josh. Ni ddaeth ymateb, dim ond tawelwch. 'You bastards,

bastards, bastards! I'm fuckin soaked,' meddai. 'My leg's broke,' ebychodd, cyn troi'n sydyn i geisio dianc yn ddigon heini, ond nid oedd llwybr drwy'r cyrff praff a'i hwynebai. Safent yn gadarn a thawel.

'Sefwch yn ôl, bois, dyw'r wers heb orffen 'to,' meddai Gerwyn. Ufuddhaodd pawb, a chwistrellodd y bachgen unwaith eto nes ei fod yn gwingo ar y llawr.

'Ger off me, ger off me!' gwaeddodd. Peidiodd y chwistrellu.

'Say please,' meddai Gerwyn yn dawel.

'Fuck off,' meddai'r bachgen.

'Wrong answer,' meddai Gerwyn a'i chwistrellu eto. 'Say please,' meddai Gerwyn wedyn.

'OK, please. Just give me the bike and let me go home, please.'

'*You* can go home, yes. The bike, no. It's confiscated.' Roedd tri bachgen oedd wedi gwylio o bellter yn cadw draw o barchedig ofn. Roeddent yn adnabod Gerwyn yn iawn.

'Help!' sgrechiodd Josh. 'Assault! They're stealin' my bike.' Tawodd pan chwistrellwyd ef eto fyth.

'Go home,' meddai Gerwyn, yn hollol fflat a hunan-feddiannol. Roedd y beic wedi hen ddiflannu. 'It will be available from the square later. Oh yes, and tell your father I'm coming to see him too. We've got some things to discuss.' Nodiodd ar y Chwiorydd, ac agorodd y cylch i ryddhau'r dihiryn gwlyb. Roedd ei gymrodyr wedi diflannu. Cerddodd yn gloff i fyny'r stryd a'r trigolion yn ei wawdio. Hyderent fod ei grib wedi ei dorri.

Yn hwyrach y noson honno, roedd y beic yn hongian yn ddarnau toredig ac olew yn slefrian o'i grombil, ar bolyn lamp yng nghanol y dref. Gwyrodd nifer o bobl oedd yn mynd â'u cŵn am dro oddi ar eu ffordd arferol yn arbennig i fynd heibio i'r fan a gwenu. Cododd un ci ei goes yn erbyn y polyn yn wawd ar y cyfan.

*   *   *

'Chi ddim yn meddwl eich bod chi'n hwylio braidd yn agos at y gwynt fan hyn, Nhad?' holodd Branwen wrth iddi wylio recordiad o'r digwyddiad drannoeth. 'Ydy hyn ddim ychydig yn ganoloesol?'

'Falle, ond mae'n cadw pethau'n deidi.'

'Ydy'ch diddordeb yn hyn wedi mynd yn ormod o obsesiwn?' meddai Branwen, gan amneidio â'i llaw i gyfeiriad tref y Berig yn gorwedd yn yr heulwen oddi tanynt drwy'r ffenest eang.

'Does dim o'i le ar drefn, fy merch i.'

'Yr efengyl yn ôl Gruffudd?' atebodd Branwen â gwên wawdlyd. Roedd y tebygrwydd rhyngddi hi a'i mam, a fu farw bymtheng mlynedd ynghynt, yn ei harbed rhag unrhyw lid gan ei thad, a gwyddai hynny'n iawn. Roedd ysbryd ei mam yn dal i droedio drwy'r tŷ.

'Ie, falle,' meddai'r hen ddyn, 'ond mae gweithio yn ôl yr efengyl wedi gweithio mas yn iawn hyd yn hyn.' Trodd i edrych drwy'r ffenest. Roedd gwrid yn codi i'w wyneb, ond siaradai'n bwyllog a phendant. 'Ti fydd yn elwa ar y drefn rhyw ddydd. Dydw i ddim am drosglwyddo llanast. Mae plannu a gwrteithio'r ardd yn hawdd, ond dydy chwynnu ddim yn bleserus bob tro.'

'Yr ardd Gymreig?' holodd Branwen.

'Yn fwy na hynny, ferch – yr ardd Gymraeg. Rydyn ni Gymry wedi bod yn rhy daeog dros y canrifoedd, wedi bod yn fodlon siarad Saesneg er mwyn cael blas ar y danteithion ar fwrdd yr uchelwyr yn y castell. Rydyn ni wedi adeiladu'n castell ein hunain fan hyn nawr, ac mae miloedd am gael dod i mewn. Mae croeso i bawb, dim ond iddyn nhw dderbyn ein safonau ni'r tro hwn. Gwae'r sawl na wnaiff.' Roedd wyneb Gruffudd yn bywiogi wrth iddo siarad, a'r egni'n treiddio i ochr ddiffrwyth ei wyneb, hyd yn oed, ac roedd eglurder yn ei lais.

'Beth sy 'da ni, Nhad? Gardd neu gastell?'

'Gardd o fewn muriau'r castell,' meddai Gruffudd.

'Ie, wela i.' Roedd Branwen yn ceisio peidio ag ymddangos yn rhy nawddoglyd. 'Ond i ddod â ni yn ôl i'r ganrif hon, Nhad, fydde'r heddlu ddim yn bles 'da hyn,' meddai. Roedd hi bob amser yn llwyddo i roi gwedd bragmataidd ar syniadau ei thad.

'Paid ti poeni'n ormodol am yr heddlu. Maen nhw'n gwybod yn nêt am yr efengyl hefyd. Fydd dim problem 'da nhw.' Roedd Gruffudd yn mynd i hwyl. 'Os oes brychau'n amharu, rhaid eu glanhau ac mae'r heddlu yn deall hynny. Does ganddyn nhw mo'r grym na'r hawl, ond mae ganddon ni. Os bydd holi, fydd neb wedi gweld dim. Maen nhw'n gwybod sut mae pethau'n gweithio. Bydd Mr Hogarth yn cael cynnig cyn bo hir, ddwedwn i,' ychwanegodd wedyn.

'Un na all ei wrthod?' holodd Branwen yn ddiniwed.

'Ti'n gwylio gormod o ffilmiau,' meddai Gruffudd â gwên gam. 'Dwi'n credu y bydd rhaid i ti hogi'r pensil cyfreithiol yna cyn bo hir. Bydd tŷ arall yn ein stad.'

'Wela i,' meddai Branwen. 'Cofiwch gymryd y tabledi yna, Nhad.' Daeth Anest y nyrs i mewn. 'Gwrandewch ar Anest, da chi,' meddai Branwen wrth adael.

'Tabledi, tabledi, tabledi,' meddai Gruffudd yn dawel, a'r afiaith wedi gadael ei lais. Aeth fan ddu heibio i'r tŷ ar y sgrin y tu ôl iddo.

Fore trannoeth, aeth Gerwyn a dau o swyddogion diogelwch y cwmni yn eu gwisg swyddogol at ddrws tŷ'r Hogarths. Curodd yn awdurdodol. Agorodd Tyrone y drws a cheisio ei gau yn frysiog o weld pwy oedd yr ochr draw, ond roedd troed Gerwyn yn ei rwystro rhag gwneud.

'I think it's time we had a chat. Are you going to invite us in?' meddai'n dawel. 'We have a proposal you might find interesting.'

'Glad you could see it our way,' meddai Gerwyn wrth adael. 'The conveyancing documents will be with you before the end of the week. I'll bring them round personally,' meddai wedyn, a'r pwyslais ar y *personally*.

Yn hwyrach yr un bore, cyrhaeddodd Sarjant Murphy a'i bartner yr un drws.

'Mr Hogarth?' meddai wrth Tyrone pan agorodd e.

'Um, yes.'

'You reported an assault and a theft?'

'Um, yes, but I think there's been a bit of a misunderstanding.'

'A misunderstanding, Mr Hogarth?'

'Yes, it's all been cleared up now,' meddai Tyrone, braidd yn betrusgar

'I see. This wouldn't be something we would call wasting police time, by any chance, would it, Mr Hogarth?' meddai Murphy, yn awyddus i osod stamp ei awdurdod ar bethau.

'Oh, no. All cleared up, and the business with the bike too. Sorted. Done and dusted.'

'I see. Those men who "attacked" your son. Any idea who they were?'

'Not a clue, officer. Just a group of blokes. My boy needs a clip round the ear 'ole now and again anyway, as you know. He can be a bit of a pain. All sorted now. I get a bit pumped up sometimes. Sorry for any bother.'

'No charges, then.'

'No, no.'

'Right. That's it, then, Mr Hogarth. We'll leave it at that,' meddai Murphy wrth iddo droi yn ôl at ei gar, a'i bartner yn ei ddilyn. 'Mae'r Berig yn edrych ar ei hôl ei hun, dyna beth o'n i'n gweud, ontife,' meddai wrthi wrth iddo agor ddrws y car. Roedd yn falch o fedru cau pen y mwdwl mor hawdd.

*   *   *

'Da iawn, ry'ch chi wedi yfed y ddwy botel. Sut mae lefel yr ocsigen yna?' meddai Chandra wrth Arthur . 'Ddim yn ddrwg, Mr Goss. Ddim yn ddrwg o gwbwl. Well i ni gael gwared arnoch chi. Mae gwely ar ward 12 yn eich aros. Sister?' meddai wedyn. 'Ward twelve. We have a departure.'

'Yes, Doctor,' daeth llais o rywle. O fewn yr awr, roedd Arthur gyda chleifion 'normal'. Nid oedd yn siŵr a fyddai'r platypws yn ei ddilyn.

Pennod 4

Fore trannoeth, ar ôl noson anesmwyth, ddi-gwsg, cafodd Arthur un o'r profiadau bythgofiadwy hynny sy'n dod i ran pawb yn achlysurol, ac sy'n fwy gwerthfawr o'r herwydd.

'Hoffech chi gael bath?' holodd y nyrs ifanc.

'Un go iawn, neu un yn y gwely?' holodd Arthur.

'Un go iawn,' meddai hi.

'O, hoffwn, ond fedra i ddim cerdded yno,' atebodd Arthur.

'Peidiwch â phoeni. Af fi i hôl y twls a rhedeg y bath.' Dychwelodd o fewn munudau gyda chraen bychan a sling yn sownd wrtho. 'Tacsi?' meddai, dan wenu. Straffaglodd Arthur i'r sling, casglodd y nyrs y bag molchi roedd Lois wedi'i adael iddo, ei botel a'i fwgwd ocsigen, ynghyd â'r pibellau eraill oedd yn dal i fod yn sownd wrtho, a chludwyd Arthur i'r ystafell ymolchi. Llwyddodd i ddiosg ei byjamas ac eistedd yn noethlymun yn ôl yn y sling. Roedd unrhyw gywilydd am noethni wedi hen ddiflannu yn yr uned gofal dwys.

'Barod?' gofynnodd hi.

'Barod,' atebodd ef, a gwasgodd hi'r botymau i'w godi i'r bath mawr oedd yn llawn dŵr ac ewyn. Roedd y profiad yn wefreiddiol. Golchodd hi ei wallt a gwaredu budreddi bron i bythefnos, a throi'r *jacuzzi* ymlaen. Eisteddodd Arthur yn y dŵr cynnes, pefriog mewn perlewyg. 'Wyddoch chi ddim faint o bleser ydy hyn,' meddai'n floesg.

Sychwyd ef, gwisgwyd ef a gollyngwyd ef yn ôl yn ei wely yn lluddedig. Nid oedd ganddo'r egni i siafio na brwsio'i ddannedd. Gallai'r pleser hwnnw aros ar gyfer rhywbryd eto, ond gwyddai fod y gwellhad wedi dechrau. Cysgodd. Ni ddaeth platypws ar ei gyfyl.

Deffrôdd i weld Branwen yn eistedd yn dawel wrth erchwyn y gwely yn ei harddwch a'i dillad moethus.

'Dyma le ar gyfer aduniad,' meddai hi â gwên. Gwasgodd Arthur y botwm i godi a sythu ei gefn, a diosgodd ei fwgwd ocsigen.

'Dwi wedi cael bath yn sbesial achos dy fod di'n dod.'

'Ti'n dal yn rêl smwddi, 'te,' meddai hi'n gellweirus. 'Ti'n edrych yn secsi yn dy byjamas glân.'

'Tydw i ddim cweit yn barod am hanci panci eto,' meddai Arthur. Roedd y sylwadau ysgafn yn osgoi gormod o emosiwn yn fwriadol. Doedd yr un o'r ddau am atgyfodi poen eu gwahaniad disymwth.

'Ro'n i'n amau braidd,' meddai hi. 'Mae'r pyjamas yn neis, ond ti ddim yn edrych ar dy orau a bod yn hollol onest, er eu bod nhw'n dweud dy fod di'n gwella'n dda erbyn hyn. Dwi'n nabod y sister ar y ward. Fe adawodd hi fi i mewn yn gynnar. Do'n i ddim eisiau gweld lot o bobl.' Bu tawelwch rhyngddynt. Edrychodd y ddau ar ei gilydd am funudau hir. Cydiodd hi yn ei law.

'Ti'n iawn?' holodd Arthur.

'Fi sydd i fod i ofyn hynny,' meddai hi.

'Ia, ond wyt ti'n iawn?'

'Odw i. Cystal â'r disgwyl, math o beth.'

'Finne hefyd,' meddai Arthur. Gwyddai'r ddau nad dyma'r lle na'r amser i ddadansoddi eu perthynas, ond heb wneud hynny, doedd fawr ddim i'w ddweud. Bu eu carwriaeth yn danbaid ac yn hollol anghyfleus i'r teulu ac i'r Frawdoliaeth. Roedd y Frawdoliaeth yn dal yno yn eu gwahanu, a gwyddai Arthur ormod. Byddai perthynas â Branwen yn golygu dod yn aelod o'r clwb, neu byddai'n rhaid iddi hi wrthod ei thras. Gwyddent nad oedd hynny'n bosibl.

'Sut mae dy dad?' holodd Arthur.

'Wedi cael strôc.'

'Glywais i.'

'Ma fe'n well, ond ma fe wedi gwella gymaint â neith e. 'Sdim sicrwydd na chaiff e un arall. Mae ei leferydd yn weddol, ac mae un ochr wedi gwywo braidd, ond mae'n gallu cerdded. Mae'r marblis yn dal yno, ac mae e'n fwy penderfynol nag erioed. Mae'n stwffo cymaint i mewn i'r amser sy gydag e ar ôl ag y gall e, dwi'n credu.'

'Dy frodyr annwyl?'

'Dal yr un fath. Gerwyn yn fwy cŵl rywsut. Carwyn mor drefnus ag erioed. Hei, fi sydd i fod i holi'r claf. Blydi plismyn!'

'Hen blismon,' meddai Arthur, yn falch bod y munudau o emosiwn wedi mynd heibio, a bod yr ymgom yn fwy ffeithiol.

'Beth wnei di ar ôl dod mas? Ei di ddim 'nôl i'r hen fflat 'na, wnei di?'

'Carafán.'

'Beth? Smo ti'n mynd i gael gwellhad i'r frest 'na mewn carafán.'

'Wel, ddim carafán fel y cyfryw, tŷ carafán, ar Stad Minafon. Mi dalais i flaendal pan wnes i ymddeol i brynu un. Mod cons i gyd. Dydy pensiwn plismon ddim yn caniatáu dim byd rhy grand.'

'A pwy fydd yn edrych ar dy ôl di?'

44

'Lois. Mae hi'n gallu cael cwpwl o wythnose o wylie o'r brifysgol. Mae hi'n gwneud MA, ti'n gwybod, ond mi fydd hi'n nyrs dda hefyd.'

'O, ti'n iawn, 'te.'

'Ydw.' Ni wyddai Arthur a oedd tinc o siom yn yr 'o' yna ai peidio.

'Mi fydd hi yma mewn munud. Mi gei di ei chwarfod hi.'

'Na, sai'n credu. Dyw tensiwn dros wely'r claf ddim yn syniad da.'

'Nac ydy, am wn i.'

'Exit stage left, 'te. Ymweliad ar wib,' meddai Branwen.

'Os ti'n dweud.' Roedd amser anodd ymadael wedi dod.

'Brysia wella. Sai'n hoffi *meddwl* nad wyt ti o gwmpas, hyd yn oed nad ydw i'n dy *weld* di o gwmpas,' meddai hi'n nerfus. Rhoddodd gusan ar ei dalcen a'i gofleidio. Roedd ei harogl wedi'i serio ar ei gof. Cododd a throi i ymadael. Trodd yn ôl eto i'w wynebu. 'Ddim jest y rhyw oedd e, ti'n gwybod.'

'Dwi'n gwybod,' meddai Arthur. Ni allai feddwl am ddim byd amgenach i'w ddweud. Diflannodd hithau i'r coridor. Ni welodd Arthur y deigryn oedd yn cronni yn ei llygad.

Cyrhaeddodd Lois ymhen deng munud, yn cludo pyjamas glân a gŵn llofft amryliw.

'Ddes i o hyd i hwn,' meddai, gan gyfeirio at y gŵn patrymog. 'Roedd e mewn drôr yn y garafán.'

'Y siaced fraith,' meddai Arthur. Ni wyddai Lois mai i blesio Branwen y prynodd y gŵn fisoedd ynghynt.

Cyrhaeddodd y troli cinio tua'r un pryd.

*   *   *

Doedd ceisio egluro i'w tad beth oedd wedi digwydd ddim wedi bod yn hawdd i Dicsi a Mojo ar ôl iddynt ddychwelyd o'r de heb eu brawd bach. Eisteddai'r ddau yn y fan wen ar ôl gadael y bwthyn blêr.

'Mae rhywun yn mynd i dalu am hyn, gei di weld. Dwi 'rioed wedi gweld yr hen ddyn yn edrych fel 'na, 'rioed. Welest ti pa mor wyn oedd 'i wyneb o? O'n i'n meddwl ma fi oedd yn mynd i neud y talu. Rargol, mi oedd o wedi ypsetio.'

'Washi oedd 'i hogyn bach o,' meddai Mojo yn fyfyrgar.

'Ia, a fi sy'n cael y ffycin bai am beidio edrych ar ei ôl o.'

'Ma hi'n gythrel o ffyni hebddo fo yn y fan.'

'Wyt ti'n cofio be ddigwyddodd i ni, Mojo? Rhwbeth?'

'Dwi 'di deud wrthat ti pasel tro – dwi ond yn cofio ni'n mynd ar ôl y plwm o do'r eglwys yn y lle Berig 'na. Y peth nesa, mi oedden ni yng nghefn y fan ar dop y mynydd, ac o'n i'n teimlo'n sic. A dwi ddim yn cofio be ddoth o'r ysgol oedd gynnon ni chwaith. Blanc, total blanc.' Wedyn bu tawelwch hir. 'Lle fyddwn ni'n 'i gladdu fo, Dicsi? Fama neu lawr fan 'na?'

'Dwi'm yn gwbod. Dwi'm yn gwbod ffyc-ôl ddim chwaneg,' meddai Dicsi'n chwyrn, a dyrnodd yr olwyn lywio nes iddo frifo'i law. Pwysodd ymlaen dros y llyw yn beichio crio. 'Sori Washi, dwi'n ffycin sori.' Roedd yn igian yn ddireolaeth. Yn sydyn, peidiodd. Tynnodd anadl i'w ysgyfaint a sythu. 'Mae o'n iawn, ti'n gwbod, ma rhywun *yn* mynd i dalu. Mae rhywun yn mynd i ffycin dalu.'

*   *   *

'Roedd y stori am y bachan 'na ar y newyddion ar y radio jest nawr,' meddai Eirlys wrth iddi baratoi'r merched i fynd i'r ysgol. Roedd Gerwyn, ei gŵr, yn cnoi ei frecwast yn fyfyrgar cyn mynd at ei ddyletswyddau yn y lladd-dy.

'Pwy fachan?' holodd.

'Y bachan 'na ffindon nhw ar dop y Foel y diwrnod o'r blân. Tipyn o *mystery.*'

'Beth amdano fe?'

'Mae e wedi marw. Wedon nhw rywbeth am diabetic coma. Roedd e'n dod o Fangor neu rywle.'

'O,' meddai Gerwyn a pharhau i gnoi.

'O't ti'n gwybod rhywbeth amdano fe?'

''Sdim colled ar ei ôl e.'

'Be ti'n feddwl? Roedd e'n fab i rywun, sbo.'

'Mab o'dd yn lleidr. So 'sdim colled.'

'O't ti mas 'da'r Chwiorydd y noson 'ny. Smo ti'n gwbod rhywbeth ambyti fe?'

Brathodd Gerwyn damaid o dost yn bendant. 'Na.'

'Ti'n siŵr?'

'Na,' rhuodd Gerwyn.

Tawodd hithau. Gwyddai pryd i dewi wrth weld yr elfen wallgof yna yn ei lygaid. 'Dere, Mali, mae'n bryd i ni fynd,' meddai hi'n ddiamynedd. 'Heledd, rho'r got na amdanot ti nawr, mae'n arllws y glaw.'

'Ma'r post 'ma,' galwodd wrth iddynt adael drwy ddrws ffrynt eu tŷ moethus nid nepell o faes carafannau'r Berig. Gadawodd y post ar y llawr ger y drws heb ei godi a mynd ag ef at ei gŵr yn ôl ei harfer. Gweithred fechan o anufudd-dod. Cnodd Gerwyn ei dost yn araf a phwyllog a'i gwylio'n ymadael o fwrdd y gegin.

Nid nad oedd e'n meddwl y byd o'i ddwy ferch fach,

a gwae'r sawl a'u tramgwyddai, ond nid meibion oedden nhw. Fyddai neb i barhau ei linach.

Cododd ar ôl i Eirlys gau'r drws, i gasglu'r llythyrau a bwrw golwg drostynt wrth iddo ddychwelyd at y bwrdd. Daeth chwiban ar ei ffôn yn dynodi neges. Cododd y teclyn o'r bwrdd a gwasgu'r botwm priodol. Doedd dim enw wedi ei gadw ar gyfer yr anfonydd. Darllenodd:

> *Mae e wedi dechrau eto.*
> *Mae e bant am ddeuddydd.*
> *Moyn siarad.*

Dileodd y neges wedyn.

*   *   *

Pan ddaeth Price i'w weld, roedd y gŵn llofft am Arthur, ac roedd yn eistedd mewn cadair ger y gwely'n pendwmpian. Cododd Arthur ei ben o weld cysgod ei gyn-bartner ar y llawr. Gwenodd ar y gŵr ifanc yn ei ddillad seiclo.

'Chi'n well, 'te, Syr. Wnes i'ch dihuno chi?'

'Paid â phoeni, hogyn. Mae rhywun yn cysgu'n rhy hir ac ar yr adegau rong yn y lle 'ma, a llai o'r "Syr" yna. Dwi ddim yn y ffôrs rŵan, cofia. Sut mae'r gwaith newydd yn mynd? Sut mae dy fam?' Roedd Price wedi bod yn gwnstabl iddo pan oedd Goss yn inspector. Gydag ef yr aeth i ymchwilio yn y Berig yn sgil y tân yn y garafán a laddodd Mr Prendegast mewn ffordd mor amheus. Datblygodd yn gyfaill prin. Roedd yn ŵr ifanc hynaws, bochgoch, praff, a doedd y deallusrwydd yn ei lygaid ddim yn amlwg bob amser.

'Chi'n dal i ofyn cwestiyne fel plismon, ta beth. Iawn,

iawn a iawn yw'r atebion i gyd. Tro dwetha gwrddon ni mewn ysbyty, fi o'dd yn y gwely a chi fan hyn.'

'O't ti'n lwcus i fod yn fyw ar ôl y digwyddiadau yn Telford.'

'O'n, sbo.'

'Ond mi gest ti newid cyfeiriad a chodiad cyflog yn sgil hynny. Mi est ti drosodd i'r ochr dywyll. I Special Branch,' meddai Arthur â chrechwen.

'Do, do a do.'

'Ydyn nhw'n rhoi car i ti neu wyt ti'n gorfod gyrru beic?'

'Cadw'n ffit, Syr, ym sori, Arthur.'

'A ...?'

'A beth?

'Beth wyt ti wedi bod yn ei wneud ers hynny, a beth wyt ti'n wneud ar hyn o bryd?'

'O, hyn a'r llall.'

'Ble wyt ti'n gweithio, 'te? Alli di ddeud hynny?'

'O, fan hyn a fan draw.'

'Hei, efo dy hen fòs wyt ti'n siarad rŵan.'

'Ie, wy'n gwbod 'ny, ond os gweda i, bydd rhaid i fi'ch lladd chi, a bydden i'n colli'n jobyn a sa i moyn i un o'r ddou beth ddigwydd. Chi'n gwbod y sgôr.'

'Sut brofiad ydy gweithio efo Stanley, 'te?'

'Iawn. 'Na ddigon nawr, Syr.'

'Ocê, ocê.' Treiglodd y sgwrs yn ei blaen i diroedd diogelach y gorffennol: y tân yn y garafán, marwolaeth Prendegast a'r ffaith fod cynifer o bobl wedi cynllwynio i greu'r argraff mai damwain oedd y cyfan.

'Chi'n dal i feddwl nad damwain o'dd hi, Syr?'

'Dwi'n *gwybod* nad damwain oedd hi, Price.'

'Sut y'ch chi'n gwbod, Syr?'

'Taswn i'n dweud wrthot ti, fe fase'n rhaid i mi dy ladd di.'

'*Touché*,' meddai Price. 'Ond os lladdodd rhywun e am 'i fod e'n gwbod am y cyffurie o'dd yn ca'l 'u smyglo mewn i'r wlad a chael 'u cludo ar lorïau llaeth i Solihull, pwy?'

'Dwn i'm.'

'Dim ond dau ddewis sydd. Un criw o Wyddelod o'dd yn smyglo'r cyffurie yn y lle cynta, criw arall o Wyddelod ddwgodd y cyffurie oddi arnyn nhw yn Telford. Ro'n nhw wedi bod yn aros yn y garafán ar y maes, a nhw gafodd y cyfle gore, wedi'r cwbwl.'

'Mae trydydd dewis.'

'Pwy?'

'Y Brain.'

'Beth? Teulu ap Brân? Ond nhw setodd y cyfan lan – bod Special Branch yn dod mewn a dala'r criw cynta o Wyddelod. Fydden nhw ddim yn cachu ar eu patshyn eu hunen, fydden nhw?'

'Dwn i'm,' daeth yr ateb.

'Pwy les fydde hynny iddyn nhw?' holodd Price.

'Falle ei fod o wedi gweld rhywbeth arall. Rhywbeth doedd y Brain ddim am iddo'i weld. Ydyn nhw'n dal i feddwl mai hunanladdiad oedd marwolaeth Ezra Lake? Fo oedd prif gyswllt Prendegast.' Roedd rhywbeth fel petai'n cyniwair yn Goss. Roedd argae ar fin gorlifo. Roedd tân yn ei lygaid a bywiogrwydd yn ei lais. 'Pwy laddodd y Gwyddelod oedd wedi dwyn y cyffuriau, a gadael gwerth miliwn o bunnoedd o heroin yng nghist y BMW? Y Gwyddelod gafodd eu dal yn yr operation yn y Berig? Choelia i fawr!' meddai, ac eistedd yn ôl braidd yn lluddedig yn ei gadair.

'Ma'r bennod honno wedi'i chau, o beth wy'n deall,' meddai Price mewn ffordd nad oedd yn hollol ddiffuant, a braidd yn ffurfiol yn nhyb Goss. Serch yr ansicrwydd, teimlodd Arthur lygedyn o dân yr hen Goss yn dychwelyd i'w fol, a bodlonodd.

'Pryd fyddwch chi mas?' holodd Price, fel petai am ddwyn eu hymgom i ben.

'Cyn hir. Dwi wedi bod yn mynd yn ôl ac ymlaen ar y ffrâm yna,' meddai, gan anmeidio at y teclyn ger ei wely. 'Cerdded hebddo fo yfory, gobeithio. Mi ydw i'n bwriadu brwsio fy nannedd a siafio heno. Dwi heb fentro edrych arna i'n hun eto. Sut ydw i'n edrych?'

'Uffernol, Syr.'

'Diolch,' meddai Arthur yn swta.

'Croeso,' meddai Price â gwên. 'Wela i chi cyn bo hir,' meddai wrth adael.

'Os byw ac iach,' meddai Arthur.

Tipyn o sioc oedd gweld ei wyneb yn y drych fin nos cyn bwyd. Roedd ei ddannedd yn aruthrol o fawr, meddyliodd, a thyfiant pythefnos ar ei ên a hwnnw'n wyn fel yr eira. Roedd diffyg bwyd wedi gadael ei ôl. 'Ti fel sgerbwd,' meddai wrtho'i hun yn dawel. 'Ond o leia mi gyrhaeddest ti at y sinc 'ma heb y Zimmer, was,' cysurodd ei hun wedyn.

Aeth i'r afael â'i ginio y noson honno ag arddeliad, er bod ei flas yn uffernol o hyd.

Pennod 5

Wedi iddi dywyllu y galwodd Gerwyn heibio i dŷ Sylvia. Cilagorodd hi'r drws i ddechrau a'i agor yn llawn pan welodd pwy oedd yno. Roedd wedi gadael ei gar o'r golwg yn nes i lawr y stryd, a cherdded y ddau ganllath oedd yn weddill. Roedd llenni tai'r stryd ynghau, a gwyddai Gerwyn nad oedd camerâu diogelwch ar y rhan hon o'r stad dai modern oedd wedi ei hadeiladu'n eithaf diweddar yn y Berig. Daeth Sylvia yno gyda'i gŵr, Carl, o Gaerdydd. Roedd e dipyn yn hŷn na hi, yn un o'r gwerthwyr ceir ym Moduron y Berig a hithau erbyn hyn yn gweithio yn nerbynfa prif swyddfa Daliadau'r Berig. Bu hi'n fodel ar un adeg, ac roedd si ar led ei bod wedi troi at agweddau mwy cyfrin y byd hwnnw, ond ni chafwyd prawf o unrhyw gamwedd ganddi hi, felly o bosib mai cenfigen esgorodd ar y clecs. Ni wyddai Sylvia ai bendith neu felltith oedd llunieidd-dra ei chorff yn y byd go iawn. Arhosai sawl un o'r dynion oedd yn ymweld â'r swyddfa'n hwy nag arfer cyn gadael, i ryfeddu a thynnu coes yn ddigon awgrymog. Roedd hynny'n boendod, ond roedd hi wedi dysgu sut i ymateb heb godi eu gwrychyn, a sicrhau eu bod yn deall nad âi pethau'n ddim pellach yr un pryd.

Bu Gerwyn yn un o'r ymgomwyr cellweirus hynny, ond cafodd dderbyniad mwy gwresog na'r lleill, o barch i'w statws. Roedd ei rym yn affrodisiac a gwyddai Sylvia y byddai buddion o droi ei ddŵr i'w melin hi.

Doedd dim plant gan Carl a hithau, er bod mab

ganddo ef o briodas flaenorol. Ni fynnai hi epilio eto. Roedd eu perthynas wedi troi'n sur, ac roedd e'n amau bod dynion eraill yn rhoi sglein ar ei dlws o briod. Trodd at ei waith ac at y crefydd newydd a ddarganfu yn y Berig o dan ddylanwad y Parchedig Mansel Jenkins a'i frand crefyddol efengylaidd, modern. Trodd hithau at win a mwynderau eraill a derbyn cernod achlysurol ganddo. Roedd bob amser yn edifar ganddo wedyn, a gweddïai am faddeuant. Roedd llewych y gŵr golygus a briododd wedi hen bylu.

'Alla i byth â mynd i'r gwaith yn edrych fel hyn,' meddai hi'n ddagreuol unwaith roedd Gerwyn wedi camu i'r cyntedd. 'Dwi'n garcharor yn y blydi tŷ 'ma. Mae'r bastard wedi'i neud e 'to.'

'Paid â becso, fe sorta i bopeth tro hyn. Wy'n addo,' meddai Gerwyn yn dawel a phwyllog. Roedd ei lais dwfn yn amlwg yn gysur iddi.

Safai yn y cyntedd a'r briw ar ei boch yn anharddu ei hwyneb angylaidd, a'r masgara'n treiglo fel afon ddu drwy'r colur y ceisiodd ei roi dros y clais. Roedd cleisiau eraill ar ei chorff ynghudd o dan y dilledyn llipa a wisgai. Gwyrodd ei phen ac igian crio, ei gwallt yn wlyb gan ddagrau. Cododd Gerwyn ei hwyneb a chofleidiodd y ddau. Roedd olwynion y felin wedi dechrau troi. Cododd hithau ei choes a'i rhoi o'i amgylch. Roedd pris i'w dalu i'r angel gwarcheidiol. Roedd yn rhan o'r fargen. Doedd dim i'w ddweud. Dim ond ymbalfalu brysiog, blysiog yn nillad ei gilydd ar y ffordd i fyny'r grisiau cyn i'r griddfan a'r tuchan ddechrau, a sŵn y felin yn malu. Roedd mwynhau wedi dod yn rhan annisgwyl o'r fargen hefyd. Prin fu'r mwynhad a'r boddhad yn ei phriodas.

*   *   *

Doedd dim ofn gwaith ar Carwyn. Roedd gwefr i bob diwrnod, a thra oedd ei frawd yn mwytho Sylvia neu'r pwysau trwm yn y gampfa, o flaen y cyfrifiadur ar ei ddesg yn y fflat uwchben y fferyllfa fyddai Carwyn. Ni fynnai dŷ moethus fel ei frawd a'i chwaer. Gwell oedd ganddo fod 'yn y bwrlwm' fel y dywedai, yng nghanol y Berig. Nid bod y fflat yn fach; roedd hi'n ymestyn lled y ddwy siop y naill ochr i'r fferyllfa, ac ynddi roedd pob moethustra, yn ddestlus, chwaethus a threfnus. Wedi'r cwbl, heb wraig a theulu, pa angen oedd am ardd a thranglwns felly? Roedd patio bychan ar ben pellaf y fflat lle gallai ymlacio â gwydraid o Beaujolais a sawru gwynt y môr. Galwai Derec yn achlysurol o Abertawe – hen gyfaill o'i ddyddiau disglair yn y brifysgol pan oedd yn astudio Cemeg ar ôl cwblhau ei gwrs Ffarmacoleg yng Nghaerdydd. Âi'r ddau am dro ar eu beiciau ambell waith a dychwelyd i'r fflat wedyn. Ni fyddai Derec yn aros yn hir.

Dim ond Branwen oedd yn gwybod am Derec, a hi, felly, oedd yr unig un nad oedd yn gwasgu arno i chwilio am wraig. Llanc ifanc yn mwynhau ei gwmni ei hun oedd Carwyn yng ngolwg y gymuned a'i deulu, a dyna'r ddelwedd roedd am ei meithrin. Darllenai'n helaeth yng ngwaith Karl Marx, Jeremy Bentham, Milton Friedman a Saunders Lewis. Friedrich Hayek oedd ei awdur dethol diweddaraf, ac roedd y llyfr *The Road to Serfdom* ger ei wely. Drwy'r mwrllwch athronyddol, roedd y gallu i roi cnawd ar esgyrn y cysyniad yr adeiladwyd y Berig arno'n datblygu ym mhen Carwyn. Yn ei wely bob nos, rhoddai ddigwyddiadau'r dydd yn daclus yn y bocsys yn ei ben a pharatoi bocsys ar gyfer trannoeth cyn cysgu. Rhesymeg a threfn oedd ei arwyddeiriau. Ni châi emosiwn dywyllu ystafell gudd ei ymennydd.

Ar ôl diwrnod o bwyllgora a threfnu, ac adrodd yn ôl i'w dad am ddatblygiadau'r dydd, rhaid oedd cymoni materion y fferyllfa. Dyna roedd yn ei wneud tra oedd trigolion parchus y Berig yn ciniawa, cecru, caru a chysgu. Edrych dros fantolen yr archeb gyffuriau ar gyfer y fferyllfa yr oedd, ac ystyried a fyddai ei archeb achlysurol am ketamine yn debygol o ganu cloch larwm yn rhywle. Roedd ei archeb yn ddigon bach fel nad oedd yn gorfod mynd at ffynhonnell lai swyddogol i'w brynu. Dogn bach iawn y byddai'n ei ddefnyddio i dawelu dihirod, a gwyddai'n union beth oedd y dogn cywir. Roedd yn llawer haws na'r dulliau aflêr y mynnai Gerwyn eu defnyddio, er bod y dulliau aflêr hynny wedi bod yn gaffaeliad mawr iddo tra oedd yn yr ysgol, lle nad oedd meddwl miniog bob amser yn ffasiynol yn awyrgylch corfforol yr iard chwarae. Achubodd ei frawd hŷn cyhyrog ef sawl tro cyn i'r neges fynd ar led mai annoeth oedd pigo ar y crwt eiddil, gan fod angel gwarcheidiol ganddo, ac roedd mistar ar Mistar Mostyn. Bellach, nid oedd angen yr angel arno, er bod Gerwyn yn gallu bod yn ddefnyddiol ar brydiau. Gwyddai pawb pwy ydoedd a pha wrogaeth oedd yn ddyledus iddo.

Roedd rhaid i Carwyn baratoi ar gyfer pwyllgor yr heddlu yr wythnos ganlynol. Etifeddodd y rôl ers salwch ei dad, ac etifeddodd y dyledus barch hefyd. Roedd gwrandawiad astud i'w gynigion bob amser.

Roedd y paratoadau ar gyfer Gŵyl y Gwanwyn yn y Berig ddiwedd yr wythnos honno eisoes wedi eu cwblhau. Roedd tic yn daclus yn y bocs hwnnw. Tra oedd yn pori trwy'r daenlen ar sgrin y cyfrifiadur, canodd y ffôn. Anest, nyrs ei dad, oedd yn galw.

'Helô, do'n i ddim am eich poeni chi, Carwyn, ond dwi wedi galw ambiwlans, smo'ch tad yn rhy dda.'

'Bydda i yno nawr,' meddai Carwyn. Rhoddodd y ffôn i lawr a gadael.

Roedd Branwen newydd ddod yn ôl o fwydo'r ceffylau yn y stabl ac roedd ar fin mwynhau ychydig oriau o lonydd pan ganodd y ffôn, Ymolchodd, newid a gadael.

Roedd Gerwyn yn cerdded yn ôl at ei gar o dŷ Sylvia. Roedd ei phersawr yn dal yn ei ffroenau, ac roedd yn meddwl am yr esgus mwyaf credadwy am fod yn hwyr pan ddaeth yr alwad gan Anest. Cyflymodd ei gamau, a buan yr anghofiodd am ei orchestion gyda'r fenyw landeg roedd e newydd ei gadael. Roedd ganddo esgus perffaith i Eirlys nawr. Taniodd beiriant y Mitsubishi a'i sgathru hi o'r stad. Llwyddodd i droi allan cyn y fan ddu a ddaeth i fyny'r ffordd i'r un cyfeiriad.

Gwyliodd Sylvia ef yn mynd o ffenest y gegin a phoerodd i'r sinc.

*   *   *

'Fe gewch chi fynd adref yfory,' meddai Chandra.

'Dim byd personol, ond fydda i ddim yn brysio'n ôl,' oedd ymateb Arthur.

'Yfwch lai, bwytewch yn dda a dim ysmygu. Ydych chi'n deall? Dim ysmygu o gwbwl.'

'Iawn, Syr, a diolch am bopeth. *Bohoma istuti,*' meddai wedyn, o ddyfnder ei gof o ddysgu ffyrdd o ddweud diolch ar gyfer Diwrnod Ewyllys Da yn ystod ei blentyndod.

'Ddim fy iaith i. *Nandri* rwy'n ei ddweud. Tamil ydw i.'

'O … *Nandri*, 'te,' meddai Arthur yn edifeiriol. Cododd Chandra ei fawd arno wrth iddo adael y ward a pharhau â'i rownd nosweithiol. Caeodd Arthur ei lygaid.

Deffrôdd i weld Branwen yn edrych i lawr arno.

'Sut dy fod di yma?' meddai, a diawlio'i hun am ddweud rhywbeth mor ddigroeso.

'Nhad. Mae e yn yr uned gofal dwys. O'n i jest isie siarad â rhywun. Ti oedd yr opsiwn agosa.'

'Strôc arall?'

'Y galon tro hyn.'

'Ydy pethau'n ddrwg?' holodd Arthur.

'Ddim yn dda.'

'Chandra ydy'r doctor?'

'Ie, sut wyt ti'n gwybod?'

'Ni'n hen ffrindiau. Mi wnaeth o job go dda arna i.'

'Ti'n ocê?'

'Yn well. Allan fory.' Cydiodd Arthur yn ei llaw. Eisteddodd hithau'n dawel wrth ei ymyl.

'Wyt *ti*'n ocê?' holodd Arthur.

'Ydw, jest yn unig,' meddai wrth godi. 'Well i fi fynd 'nôl.'

'Iawn.'

'Diolch am 'na,' meddai Branwen.

'Diolch am beth?'

'Am ddal fy llaw i. O'n i angen hynny.'

'Croeso,' meddai Arthur.

Cododd hithau a gadael i lwydwyll y coridor.

*　　　*　　　*

Roedd y penderfyniad wedi ei wneud. Roedd y tylwyth cyfan am fynd.

Digon annelwig oedd y cynllun, ond roedd rhywun yn mynd i dalu. Roedd rhywbeth wedi digwydd i Washi yn y Berig. Roedd Loughlin, y penteulu oedrannus, wedi mynnu, a rhaid oedd ufuddhau. Ymgasglodd y fyddin fach o dinceriaid i gyfeddach yn y Crown cyn ymadael am y de drannoeth. Byddai llond fan a chwpl o geir yn gadael ben bore ac offer ar gyfer y gwaith wedi ei lwytho ynddynt. Roedd hi'n Ŵyl y Gwanwyn yn y Berig, a rhaid bod rhywbeth i'w fwrw.

Pennod 6

Roedd Gŵyl y Gwanwyn wedi datblygu'n dipyn o draddodiad yn y Berig, ac roedd stondinau bwyd lu yn y maes parcio ger y sgwâr ers ben bore. Roedd y llwyfan wedi ei osod, a'r grwpiau roc a gwerin wedi tiwnio a sefydlu lefel sain eu hofferynnau. Roedd cae wedi ei neilltuo ar gyfer y ceir fyddai'n tyrru i'r Berig erbyn canol y bore. Doedd y maes parcio newydd oedd ar y gweill yn hen agoriad y chwarel yr ochr draw i'r cei ddim yn barod eto, ond byddai'n agor erbyn prysurdeb gwyliau'r haf. Rhaid oedd cwblhau'r bont dros yr aber, y fynedfa i'r marina, a gosod y gwyntyllau fyddai'n amsugno'r nwyon llosg y tu mewn i'r hen chwarel, ac roedd tipyn o goncrid i'w dywallt eto hefyd.

Roedd ffair yn ymestyn ar hyd y promenâd ac i lawr i gyfeiriad y marina, ac roedd y clwb hwylio'n croesawu eu cwsmeriaid yn ôl. Roedd y cychod hwylio i gyd yno, heb fentro i Fae Ceredigion nes bod sicrwydd bod stormydd y gaeaf wedi peidio. Eisoes, roedd plant yn rhedeg o gwmpas a phobl ifanc yn ymgasglu. Roedd sawl un yn eistedd yn aros yn amyneddgar i'r tafarndai agor, a siopwyr yn mwynhau canol y bore'n ymlwybro heibio, ac yn bwysicach i'r perchnogion, i mewn i amryw siopau nwyddau a siopau coffi'r Berig. Roedd min ar yr awel wanwynol, ond roedd yr haul yn tywynnu ac roedd bwrlwm ym mhob man. Roedd gwesty'r clwb golff yn llawn, a sawl un o'r cyfranddalwyr wedi dod i aros ac i flasu'r danteithion a'r awyrgylch Cymreig. Dim ond ychydig Saesneg a glywid drwy'r uchelseinydd; dim ond digon i fodloni'r Saeson oedd yno. Wedi'r cwbl, roedd eu harian hwy lawn cystal ag arian pobl leol.

Byddai Gruffudd wedi bod wrth ei fodd yn mynd i'r ŵyl ar un o'r achlysuron prin y byddai'n cael gadael eu feudwydod yn ei gartref, i grwydro ymhlith y bobl, a derbyn yr wrogaeth a delid iddo. Wedi'r cwbl, roedd hwn yn ffrwyth amlwg o'r ardd a blannodd. Ysywaeth, roedd yn yr ysbyty yn Aber, yn dod dros lawdriniaeth. Nid oedd sicrwydd a fyddai'r stent wedi gweithio i lacio'r wasgfa yng ngwythïen ei galon. Roedd digon o grebwyll ganddo i sylweddoli pwysigrwydd y diwrnod, a mynnodd mai yn y Berig y dylai ei blant fod, ac nid wrth erchwyn ei wely. Rhaid oedd i rywun fod â gofal y winllan yn ei absenoldeb.

'Cer, a phaid â phoeni. Mae dy angen di yn y Berig heddi,' meddai wrth Branwen yn ystod ei hymweliad boreol â'r ysbyty.

'Chi'n siŵr? 'Sdim ots 'da fi fod yma. Chi'n gwybod nag wy'n lico'r pethe cyhoeddus hyn.'

'Cer,' meddai ei thad yn bendant. ''Sdim rhaid i ti wneud dim byd, dim ond bod yno i weld. Gwaith pwysicaf arweinwyr yw amgyffred. Cei di adrodd yn ôl i mi heno. Jest cer.'

'Iawn, Nhad. Chi yw'r bòs,' meddai'n ffug-wylaidd, a gadael. Caeodd Gruffudd ei lygaid.

Trawodd Branwen heibio i ward Arthur ar ei ffordd allan, ond gwelodd fod merch ifanc wrth ei wely'n pacio'i ddillad iddo. Roedd yntau wedi gwisgo ac yn eistedd mewn cadair olwyn. Nid oedd hi'n ei hadnabod, ond tybiodd mai hon oedd Lois, ei ferch, a bod Goss ar ei ffordd adref.

Roedd yn dda gan Arthur glywed cri'r gwylanod oedd yn clwydo ar do'r ysbyty wrth iddo adael drwy'r drws awtomatig. Roedden nhw bob amser yno, yn bla swnllyd, erch.

Cerddai Gerwyn yn dalog ac Iori Craig yr Hesg gydag ef, ond yn cerdded ychydig gamau'r tu ôl iddo. Roedd Eirlys yn cwrdd â'r mamau ifainc dylanwadol eraill yn y Berig. Roedd yn draddodiad ganddynt bellach gwrdd yn Hoffi Coffi gyda'r plant, a sgwrsio tra oedden nhw'n cadw golwg ar eu hepil yn y parc gyferbyn. Roedd diwrnod Gŵyl y Gwanwyn hefyd yn gyfle i'r gwŷr gael peint neu ddau yn y clwb rygbi neu i chwarae dros dîm y Berig yn yr ornest saith bob ochr flynyddol.

Roedd disgwyl i Gerwyn gymysgu â'r dorf yn yr ŵyl. Codai law ar ambell un, ac ysgwyd llaw ag eraill. Os oedd gwrogaeth i'w thalu, rhaid oedd i rywun fod yno i'w derbyn. Gerwyn oedd yn gofalu am y trefniadau diogelwch hefyd, tra oedd Carwyn yn gofalu am yr elfennau celfyddydol. Ef fyddai'n cyhoeddi o'r llwyfan, yn gwneud y diolchiadau swyddogol yn ystod y prynhawn, a threfnu'r cyngerdd roc oedd wedi ei drefnu ar gyfer min nos. Gallai Gerwyn a'i swyddogion diogelwch yn eu lifrai duon drin unrhyw feddwon afreolus oedd am amharu ar yr achlysur. Roedd y Chwiorydd wrth gefn.

Ymgynullodd y fyddin fechan, aflêr, afreolus mewn cilfach cyn troi i lawr ar hyd y ffordd droellog at y Berig, a pharcio'r tu ôl i fan ddu. Nid oedd neb i'w weld ynddi.

Cawsant gyfle i ffroeni ambell bowdwr a llyncu ambell bilsen ar gyfer maes y gad, a gorchuddio rhifau'r ceir â digon o fwd o ffos gyfagos.

Camodd Dicsi allan o'r fan a cherdded heibio i'r ceir fel sarjant yn arolygu ei filwyr. 'Er mwyn Washi,' gwaeddodd. 'Mi ddangoswn ni i'r ffycars.' Pwniodd ei ddwrn i'r awyr a tharo dwylo agored ei gymrodyr ar ei ffordd yn ôl at olwyn lywio'i fan.

Camgymeriad mawr y garfan oedd stopio'n gynharach i brynu petrol yng ngarej Moduron y Berig, ac i un o'r criw sôn eu bod yn mynd i'r Ŵyl. Roedd golwg y rafins yn ddigon amheus a herfeiddiol i'r gŵr ifanc wrth y til benderfynu ffonio'r swyddfa ddiogelwch yn y Berig i'w hysbysu am yr ymwelwyr.

Roedd y clychau larwm wedi canu, a'r Chwiorydd wedi cael gwybod bod rhywbeth ar droed. Cyrhaeddodd Gerwyn y swyddfa yn y Mitsubishi gydag Iori mewn byr o dro pan ddaeth yr alwad i ymgynnull. Gadawodd ambell un ystafell newid y clwb rygbi – byddai'n rhaid i'r ornest saith bob ochr aros am y tro, er gwaethaf cwynion ambell ymwelydd. Ond roedd y gwylwyr o'r Berig yn gwybod bod argyfwng yn y gwynt. Roedd y sgriniau yn y swyddfa ddiogelwch yn dawel nes i'r fintai fygythiol droi'r gornel i lawr y ffordd at y Berig.

'Faint ohonyn nhw sy 'na?' holodd Gerwyn wrth Osian, oedd ar ddyletswydd yn y swyddfa. Roedd Osian yn un o'r llanciau ifanc hynny sy'n meddwl ac yn siarad mewn cyfrifiadureg, ac roedd e a thri o ddynion ifanc o'r un anian ag e'n gweithio i'r cwmni. Roedden nhw'n byw mewn rhyw fyd oedd yn ddirgelwch llwyr i Gerwyn, ond roedden nhw'n ddefnyddiol dros ben. I Carwyn roedden nhw'n atebol fel arfer. Roedd e'n deall eu hiaith nhw.

'Guto yn y garej welodd nhw,' meddai Osian wedyn. 'Doedd e ddim yn gwbod faint ohonyn nhw sy 'na. O leia deg, ma fe'n meddwl. Beth ma'n nhw moyn 'ma?'

'Gwynt y môr, falle,' meddai Gerwyn, wrth wylio'r sgrin yn fyfyrgar. Adnabu'r Transit brwnt a yrrodd i ben y Foel, a Dicsi wrth y llyw. 'Smo nhw'n dod 'ma ar gyfer eu hiechyd,' meddai'n sydyn. 'Ffona Rhys. Bydd angen y tractor, wy'n meddwl. Gwed wrtho fe am ddod â'r tanc 'fyd.'

'Y tanc?' holodd Osian yn syfrdan.

'Ie, y tanc. Bydd e'n deall. Pwy sy'n gweithio ar y tîm diogelwch heddi?'

'Lyn, Meurig, Siôn a cwpwl o fois eraill.'

'Gwed wrthyn nhw am glirio'r sgwâr a chwrdd â fi a'r Chwiorydd yno, a chysylltu'r dŵr.'

'Oes isie gweud wrth Carwyn?'

'Nac oes. Mae e'n fishi 'da'r llwyfan.' Gadawodd am y Mitsubishi, lle'r eisteddai Iori'n ddisymud. Roedd Iorwerth Craig yr Hesg bob amser yn dod â mwy o sylwedd i unrhyw sefyllfa. Nid yn unig roedd Iori'n fawr, ond roedd e hefyd yn arbennig o hyll, ac roedd yn codi ofn dim ond â'i bresenoldeb. Roedd un edrychiad ganddo fel arfer yn ddigon i dawelu unrhyw anghydfod bygythiol – ac i suro llaeth, yn ôl rhai. Dywedodd rhywun, ond nid yn ei glyw, mai cael ei naddu yn hytrach na'i eni wnaeth Iori, a hynny gan gerflunydd go drwsgwl. Doedd fawr o ymgom ganddo, ond prin fod angen llawer arno.

Pan gyrhaeddodd y ddau'r sgwâr, roedd pethau'n ddigon tawel. Doedd dim ond ychydig o bobl ar ôl, a'r swyddogion diogelwch yn eu lifrai swyddogol wedi gwneud eu gwaith o glirio'r dorf i'r naill ochr.

Yn ddisymwth, chwyrnodd y ceir a fan Dicsi i mewn heibio i'r siopau, ac aros ger y cloc yng nghanol y dref. Roedden nhw wedi cyrraedd y talwrn yn barod i ymrafael. Bu tawelwch am eiliad nes i'r ceir wagio'u teithwyr bygythiol a'u pastynau'n barod. Yr un pryd, cododd y Chwiorydd o'u ceir a ffurfio'n llinell dawel o'u blaenau.

Safodd y garfan oedd â'i bryd ar ddinistr yn stond a throi i'w hwynebu. Roedd y gatrawd o Chwiorydd wedi eu sobri rywfaint, yn enwedig ag Iori ar flaen y gad. 'High Noon, myn yffarn i,' meddai un o'r dyrfa y tu allan i'r Llong. Roeddent fel criw o blant wedi heidio i leoliad 'ffeit' ar iard yr ysgol, ac ambell un a'i ffôn symudol yn barod i gofnodi'r achlysur ar ffilm.

'Dim pellach na hyn, gyfeillion,' cyhoeddodd Gerwyn o blith ei filwyr. 'Ewch mewn hedd.'

'Be ffwc?' meddai Dicsi. 'Pwy gythrel wyt ti?'

'Ewch, nawr, neu bydd gwae,' meddai Gerwyn wedyn.

'Pa ffwcin gwae?'

Gyda'r geiriau, daeth sŵn tractor o'r tu ôl iddynt a pharciodd Fordson mawr wrth ochr yr ymwelwyr diwahoddiad, yn tynnu tanc drewllyd.

'Y gwae hwn,' meddai Gerwyn, a chodi ei fys at yrrwr y tractor. Cododd sŵn yr injan yn uwch eto, a chwydodd cawod o dail dros Dicsi a'i gyfeillion. Safodd y Chwiorydd yn gwenu'n dawel ar y garfan oedd yn ymdrybaeddu yn y baw. Peidiodd y chwydfa, a chamodd un o'r Chwiorydd ymlaen â phibell ddŵr yn ei law. Roedd pob un o'r ymwelwyr yn dail o'i gorun i'w sawdl.

'Angen ymolchi, fechgyn?' holodd Gerwyn, ac agorwyd y tap ar flaen y bibell. Saethodd chwistrelliad cryf o ddŵr oer o'i safn, a disodli'r ymosodwyr ar y llawr lleidiog. Sgrialodd pob un i ddiogelwch cymharol y ceir ar wahân i Dicsi, a safai'n ddewr ac yn unig yn y llaid pan beidiodd y wlychfa.

'Bastads,' meddai. 'Chi nath am 'y mrawd bach i,' ychwanegodd, a chryndod yn ei lais. 'Dwi'm yn gwbod sut, ond chi nath.'

'Cer gatre, achan, cer gatre,' meddai Gerwyn yn bendant. 'Does dim croeso i ti 'ma. Cer gatre a bydd hynny'n ddiwedd ar y mater.'

Safodd Dicsi yno'n herfeiddiol yn anadlu'n drwm am eiliadau hir, yn ystyried ei opsiynau. 'Bastads,' meddai eto, a throi'n bwrpasol i gyfeiriad ei fan. Roedd gwynt oer yn dod o'r môr ac roedd yn dechrau crynu yn ei ddillad gwlyb. Roedd rhyw hud a rhyw rym yn y lle hwn. Nid oedd yn eu deall, ond gwyddai nad oedd ddiben eu herio nawr.

Roedd un o'r Chwiorydd ar fin ei chwistrellu eto, ond cododd Gerwyn ei law i'w rwystro. Gwyddai nad doeth fyddai rhwbio rhagor o halen i friwiau'r gŵr ifanc truenus. Cofiai eiriau a ddywedodd ei dad wrtho sawl gwaith: 'Y nod yw ennill bob tro, ond ennill heb orfoleddu yng ngwendid yr un a gollodd, ac fe dâl i ti ar ei ganfed.'

Curodd y gynulleidfa o flaen y Llong eu dwylo'n frwd wrth i'r tincer torcalonnus gamu'n ôl at ei gerbyd yn llaid drewllyd drosto. Taniodd yr injan a phlannu'r fan yn ei gêr cyn gwichian y teiars a throi'n swnllyd a ffyrnig, ac ymadael fel petai'n fuddugoliaethus drwy'r strydoedd culion, a'r ceir yn ei ddilyn. Gellid clywed eu cyrn a'u rhegfeydd am funud neu ddau, ac wedyn dychwelodd yr hedd. Gallai'r bibell ddŵr gael ei throi at ei phriod waith o lanhau'r sgwâr nawr, ac o fewn dim, roedd y llacs wedi eu golchi i'r draeniau, a gallai'r ŵyl barhau. Dychwelodd rhai o'r Chwiorydd at eu gêm saith bob ochr. Roedd fel petai'r cyfan wedi cael ei drefnu fel difyrrwch oedd yn rhan o firi'r ffair.

Gwyliodd Carwyn y ddrama fer o'r llwyfan. Gwaredai at flerwch y cyfan, a gwyddai y byddai'r achlysur i'w weld yn rhywle ar y we erbyn heno.

Roedd Branwen ar ei ffordd yn ôl o'r ysbyty a chollodd y rhialtwch i gyd.

Pennod 7

Rhyw bythefnos gymerodd hi cyn bod Arthur yn ddigon cryf i yrru eto. Arhosodd Lois gydag e am wythnos i roi ymgeledd iddo, ond ymhen yr wythnos, roedd yr ymgeledd yn ddiangen a'r ddau yn dod i ben eu tennyn. Roedd Arthur wedi bod yn ddigon balch iddi ddod, ond roedd yn ddigon balch o'i gweld hi'n gadael hefyd.

'*Mae Mr Grumpy yn ôl. Rhaid 'i fod e'n well!*' oedd y neges destun anfonodd hi at ei brawd. 'Cofia ddefnyddio'r *inhaler* gwyn yn y bore a chario'r un glas gyda ti i bob man rhag ofn, a paid â meddwl am smoco,' oedd ei geiriau olaf cyn dychwelyd am y brifysgol.

Roedd brest Arthur yn dynn o hyd, ac roedd gelltydd yn broblem wrth gerdded, ond roedd wedi llwyddo i fynd am dro o gwmpas y Rhewl gan fod y lle yn ddigon gwastad. Y cam nesaf oedd gyrru, a dyna a wnaeth, gan gyrraedd y Berig ar fin nos hyfryd o wanwyn. Roedd Gŵyl y Gwanwyn wedi bod yr wythnos cynt, ac roedd y dref fechan yn ddestlus a glân fel y'i cofiai. Eisteddodd ar fainc yn gwylio'r llanw'n codi. Cawsai ambell ysfa am sigarét, ond gallai ymdopi heb un. Roedd atgofion yr ysbyty'n ddigon brawychus i ddofi unrhyw chwant am nicotin. Nid oedd wedi cael peint ers mis, ond roedd eistedd ar feinciau'r Llong i wylio'r haul yn machlud yn atyniad poblogaidd, ac roeddent yn llawn dop.

Bu datblygiadau sylweddol yn y Berig ers ei ymweliad diwethaf, a'r amlycaf o'r rhain oedd y maes parcio newydd oedd yn cael ei ddatblygu'r ochr arall i'r cei yn ogofâu'r hen chwarel. Roedd digon o bobl o amgylch y lle o ystyried mai mis Ebrill oedd hi. Roedd y Berig yn dechrau sefydlu ei hun fel canolfan hwylio, beicio a cherdded yn ogystal â bod yn lleoliad glan môr deniadol, a denai ymwelwyr drwy gydol y flwyddyn bellach.

Daeth un o'r cerddwyr i eistedd ar y fainc, mewn dillad addas gyda ffon gerdded bwrpasol yn un llaw. Roedd cap ar ei ben ac roedd barf drwchus ond taclus ganddo. Roedd ambell flewyn gwyn yn y farf, ond roedd ei gorff yn heini, ac roedd yn anodd amgyffred ei oedran. Roedd wedi dadfachu ei becyn ac eistedd bellter parchus oddi wrth Goss. Ymbalfalodd y gŵr yn ei fag, tynnu pecyn brechdanau a photel ohono a dechrau bwyta.

'Chi'n fy nghofio i?' gofynnodd yn ddisymwth.

Trodd Goss ato heb fod yn sicr mai gydag ef roedd y gŵr yn siarad. Nid oedd neb arall yn agos atynt.

'Ddylwn i?' holodd Goss a chraffu'n fwy manwl ar y gŵr. 'Stanley?' holodd wedyn.

'M-hmm!' meddai'r gŵr, yn dynodi mai cywir oedd yr ateb, ond heb droi i edrych ar Goss.

Nid oedd y ddau wedi cyfarfod ers y flwyddyn cynt, a hynny am brin hanner awr. Ond roedd honno'n hanner awr a daflodd lawer o oleuni ar y digwyddiadau oedd wedi effeithio'n sylweddol ar fywyd cythryblus Goss yn yr wythnosau cyn hynny.

'Be mae Special Branch yn ei wneud fan hyn?' holodd Goss.

'Gweithio, fel llynedd,' oedd ateb Stanley.

'Ydech chi ddim braidd yn amlwg yn fan hyn? Mae yna gamerâu dros y lle 'ma, chi'n gwybod.'

'Fues i ddim yma llynedd, na chwrdd â neb oedd yn

byw yma. Trefnu'r cyfan o'ch swyddfa chi tra oeddech chi ar wyliau wnes i. Cerddwr cyffredin ydw i, yn cael sgwrs â rhywun wrth fwyta fy mrechdan, a dydw i ddim mor amlwg â chi. Mae'ch hanes chi'n dipyn mwy hysbys yn y lle 'ma. Ga i ofyn cwestiwn? Pam ydych chi yma?'

'I anadlu gwynt y môr a hel atgofion, falle?'

'Hmmm,' meddai Stanley yn fyfyrgar, yn dal heb droi i edrych ar Goss.

'Ydw i yn y ffordd eto?' holodd Goss.

'Braidd.'

'Yn ffordd beth?!'

'Dwi ddim yn siŵr eto. Edrychwch, doeddech chi ddim yn y lŵp tro diwetha, ac mi oedd hynny'n gamgymeriad. Efallai dylech chi fod y tro 'ma. Mi fyddwn ni mewn cysylltiad,' meddai Stanley wrth orffen ei frechdan.

'Dwi ddim mewn unrhyw siâp i fod mewn unrhyw lŵp.'

'Fe glywes i. Dim problem. Eich brêns chi ry'n ni eisiau.' Cymerodd ddracht o'i botel sudd oren a'i gwthio'n ôl i'w fag wedyn. Trodd Goss i edrych ar y môr. Trodd yn ôl i ofyn sut byddai'r cyswllt yn digwydd, ond roedd Stanley wedi mynd. Gwelodd ef yn gadael ar fws y Cardi Bach gyda dau gerddwr arall.

Yn sydyn, roedd cyd-destun i'r ymgom a gafodd â Price yn yr ysbyty, a'r ffordd roedd hwnnw wedi osgoi pob ymholiad. Roedd digon i bendroni drosto ac i hogi'r meddwl.

Parhaodd Arthur i edrych yn fyfyriol ar y llanw'n dod i mewn am hanner awr a mwy cyn dychwelyd at ei gar yn y maes parcio.

*   *   *

Am ryw wythnos y bu Gruffudd yn yr ysbyty. Bu peth gwellhad ar ôl rhoi'r stent i mewn, ond bregus iawn oedd ei iechyd. Mynnodd ddychwelyd i'w gartref. 'Os marw, ddim fan hyn yw'r lle,' meddai wrth Dr Chandra, a chafodd fynd. Bellach, roedd yn eistedd yn ei gadair a phibell ocsigen am ei drwyn ddydd a nos, ond o leiaf gallai weld y Berig, ei ardd, drwy ei ffenest enfawr a thrwy gyfrwng y sgriniau niferus.

Gwyliodd recordiad o'r chwalwr tail yn dofi'r ymwelwyr sawl gwaith, a llonnodd ei galon. Erbyn fin nos y noson hono roedd y digwyddiad yn ffenomen ar-lein, a daeth tipyn o fri o'r achlysur, a chyhoeddusrwydd defnyddiol. Does dim o'r fath beth â chyhoeddusrwydd gwael, meddyliodd. Daeth sawl ymwelydd yn unswydd i weld maes y gyflafan ers hynny. Pryderai Carwyn i ddechrau y byddai achos llys yn deillio o'r digwyddiad, ond sicrhawyd ef gan y Prif Gwnstabl fod y mater ynghau. Ni chafodd y dihirod eu herlyn, chwaith.

Heno, roedd Gruffudd yn gwylio rhywun cyfarwydd yn eistedd ar fainc yn gwylio'r môr. Gallai glosio'r lens i weld yn gliriach, a newid i graffu o gamera arall i sicrhau pwy ydoedd. Roedd tipyn yn deneuach yn ei wyneb, roedd ei wallt yn wynnach ac roedd yn edrych dipyn yn hŷn na phan welodd Gruffudd e ddiwethaf, ond Goss ydoedd, yn ddiau. Tynnodd yn ddyfnach ar yr ocsigen. Nid oedd yn adnabod y gŵr arall ar y fainc oedd yn ymgomio'n ddigon anffurfiol â Goss cyn mynd i ddal bws. Gwyliodd Gruffudd Goss yn hir nes iddo godi a dychwelyd i'w gar. Gallai ddilyn ei Mondeo wedyn drwy gamerâu eraill ar ei siwrnai allan o'r dref. Ni welodd y tri cherddwr yn disgyn o'r bws wrth groesffordd mewn llecyn tawel ar y ffordd i'r Rhewl, a fan ddu yn eu casglu oddi yno wedyn, a throi i gyfeiriad arall.

Cyrhaeddodd Carwyn i roi ei adroddiad nosweithiol i'w dad.

'Arthur Goss,' sibrydodd Gruffudd, a thynnu'n ddwfn ar yr ocsigen.

'Beth amdano fe, Nhad?'

'Ma fe 'nôl.'

'Fe glywes i ei fod e'n sâl iawn?'

'Ddim yn ôl pob golwg. Roedd e 'ma heddi … yn y Berig. Roedd e'n eistedd ar y fainc 'na wrth y môr, gyferbyn â dy fflat di.'

'Dim byd i boeni amdano fe. Mae e wedi riteiro nawr, on'd yw e?'

'Dyw hen gopars fel fe byth yn riteiro,' sibrydodd Gruffudd, a chymryd dracht arall o'r ocsigen.

'Beth chi'n feddwl, Nhad?'

'Angen rhyw asgwrn i'w gnoi arno. Pallu gadael i bethau fod.' Dracht arall. 'Rhywbeth yn debyg i fi, falle,' meddai wedyn, a'i hanner gwên heb ei chyfeirio at neb yn arbennig. Trodd Carwyn at y dasg o grynhoi'r datblygiadau ym maes parcio'r hen chwarel ar gyfer ei dad. Gallai sôn hefyd am ymadawiad tylwyth yr Hogarths yn ôl i'w cynefin, ond roedd cwmwl wedi dod dros wyneb yr hen ddyn.

*   *   *

Doedd hi ddim wedi bod yn hawdd i Gerwyn drefnu 'digwydd' cwrdd â Carl, gŵr Sylvia. Doedd e ddim yn fynychwr tafarndai na'r clwb hwylio. Heblaw am ei waith ym Moduron y Berig ac ymweliadau ag

71

amryw gyfarfodydd y capel, doedd Carl ddim yn ddyn cymdeithasol. Roedd Sylvia yn ôl yn ei gwaith ac roedd pethau wedi tawelu yn ôl pob golwg, ond roedd Gerwyn wedi addo, a gwyddai na fyddai newid parhaol yn Carl heb iddo gael rhyw fath o dröedigaeth. A doedd y dröedigaeth honno ddim yn debygol o ddigwydd heb ryw fath o gymhelliad. Eto, nid oedd am i'r cymhelliad fod yn un amlwg, nac yn un a fyddai'n taflu amheuaeth arno ef. Nid oedd Sylvia am i'r ffaith bod ei gŵr yn ei churo fod yn destun clecs yn lolfa goffi'r clwb ffitrwydd chwaith, er ei bod yn eithaf hysbys yn y fro nad oedd popeth yn iach yn ei phriodas, a bod perthynas eithaf tanbaid wedi bod rhyngddi hi a Steffan, yr hyfforddwr personol yn y clwb, yn y gorffennol. Gadawodd ef yn eithaf sydyn i fynd i weithio yn Nhreforus neu rywle, ond ni wyddai neb fod Gerwyn yn olynydd iddo.

Taro heibio i Foduron y Berig wnaeth Gerwyn, a dangos diddordeb yn un o'r Hondas newydd oedd ganddyn nhw. Crwydrodd o gwmpas yr arddangosfa a rownd un o'r modelau 4x4 yn fwyaf arbennig. Ymlwybrodd Carl tuag ato'n ddigon hamddenol yr olwg, er bod ei galon yn pwmpio ychydig yn gynt na'r arfer, a gwyddai fod disgwyl iddo ef fel rheolwr, yn hytrach nag un o'r gwerthwyr, roi sylw i gwsmer mor bwysig.

'Diddordeb mewn un o'r rhain?' holodd â'i ymarweddiad gwerthu gorau.

'Oes,' meddai Gerwyn, yn parhau i gerdded o amgylch y car.

'Mae'r spec yn wych, ac mae'n arbennig o dda ar danwydd,' mentrodd Carl.

'Oes siawns cael mynd am dro mewn un?' holodd Gerwyn yn ddigon tawel.

'Fe gaiff Bleddyn fynd â chi nawr. Bleddyn!' gwaeddodd at y gŵr ifanc oedd yn eistedd wrth un o'r desgiau yn y dderbynfa.

'Nage, ddim Bleddyn,' meddai Gerwyn yn dawel a phendant, a gafael yn ysgafn ym mraich Carl.

'Ymm ... Cer i moyn allweddi'r Honda CRV i mi, wnei di? Ma Gerwyn moyn test drive.'

'Y demonstrator yn y cefn?' holodd y gŵr ifanc.

'Nage, hwn,' meddai Carl, yn cyfeirio at y car oedd yn yr arddangosfa. Nid pawb gâi yrru hwn am fod rhaid ei lanhau bob tro i gael sglein ystafell arddangos arno unwaith eto.

'Iawn,' meddai'r gŵr ifanc a chodi. Dychwelodd o fewn eiliadau, yn ymwybodol bod hwn yn gwsmer a haeddai bob sylw a maldod gwerthiannol. Agorwyd drws yr ystafelloedd arddangos, ac i ffwrdd â nhw i'r ffordd fawr a Carl wrth y llyw.

Cynigiodd Carl doreth o wybodaeth dechnegol braidd yn nerfus ar hyd y ffordd, ond tawel oedd Gerwyn. Nes iddo ddweud yn sydyn, 'Sut mae fe'n handlo ar dir garw? Tro fan hyn,' a chyfeirio at lôn fechan oddi ar y brif ffordd nid nepell oddi wrthynt a throi i wynebu Carl, yn angyfforddus o agos at ei wyneb. Gallai Carl deimlo ei anadl ar ei foch.

'Smo ni fel arfer yn rhoi car newydd sbon drwy'r mwd. Allen ni fynd 'nôl a mynd yn y demonstrator.'

'Tro fan hyn,' meddai Gerwyn yn bendant. Cydiodd yn yr olwyn lywio a throi'r car i'r lôn. 'So ni'n mynd yn bell. Nawr stopia fan hyn,' meddai, wrth lecyn cysgodol, tawel, o'r golwg.

Roedd Carl yn crynu drwyddo erbyn hyn. Fu e erioed y dewraf o ddynion mewn sefyllfaoedd heriol, ac roedd hon yn sicr yn datblygu'n un o'r rheiny. 'Well i ni fynd 'nôl,' meddai a chryndod yn ei lais.

'Jest tro'r injan bant, wnei di? Dim ond siarad 'wy moyn neud.'

'Siarad am beth?'

'Ti.'

'Fi?'

'Ie, ti a Sylvia.'

'O Dduw mawr, beth amdanon ni?'

'Rwyt ti, fel Sylvia, yn gweithio i ni.'

'Ydyn, so chi'n ha …'

'Cau dy ben a gwranda,' meddai Gerwyn, yn dechrau colli amynedd â'r gŵr petrus wrth ei ochr. Caeodd Carl ei ben.

'Mae Sylvia wedi bod yn dost yn itha amal. Stress, medde hi, ond rwyt ti a fi'n gwbod yn well, on'd y'n ni?'

'Beth chi'n feddwl?'

'Rwyt ti, mistar un-o-hoelion-wyth y capel, yn mynd i stopo.'

'Stopo beth?'

'Wy'n dechre blino,' meddai Gerwyn a rhoi ei law am arddwrn Carl yn dynn. 'Gwranda, fachan. So fi moyn gwbod shwt berthynas sy 'da chi'ch dau, ond rownd ffordd hyn, dy'n ni ddim yn bwrw'n gwragedd.'

'So fi'n …'

'Tro nesa dyw Sylvia ddim yn y gwaith, 'wy moyn i ti ffono fi i weud pam. 'Sdim ots os taw annwyd yw e, 'wy moyn gwbod. 'Wy moyn gwbod, gwbod yn bersonol, yn y swyddfa, ti'n deall? Gwed, "Dwi'n deall, Gerwyn." '

'Dwi'n deall.'

' "Dwi'n deall, Gerwyn," ' meddai Gerwyn, a rhoi pwyslais ar y 'Gerwyn' y tro hwn.

'Dwi'n deall, Gerwyn,' meddai Carl yn wylaidd.

'Neu fydda i'n neud i ti yn gwmws beth wyt ti wedi'i neud iddi hi, a falle caiff pobl barchus y capel wbod nag wyt ti mor neis â ma'n nhw'n ei feddwl, reit?'

'Reit,' meddai Carl a'r dagrau'n cronni a'i wefus yn dechrau crynu. Ni sylweddolai fod y dyn a rannai'r car ag ef wrth wraidd un o'i amheuon am ei wraig, a bod ei fygythiad yn deillio o fwy na dyletswydd gymdeithasol.

'O plis, paid â dechre llefen. Jest cer â fi 'nôl a gollwng fi tu allan i'r garej. Sai'n lico Hondas rhagor ta beth.'

Pennod 8

Drannoeth ei ymweliad â'r Berig daeth neges oddi wrth Cwnstabl Price ar ffôn Arthur: '*Mam am i chi ddod i gael cinio heno. Meddwl bod angen bwyd da arnoch chi ar ôl yr ysbyty. 6.00 yn ok?*'

'*OK, diolch.*' tecstiodd Arthur yn ôl.

Penderfynodd Arthur gerdded, er y byddai wedi bod yn haws mynd â'r car. Roedd ychydig yn gynnar. Byddai wedi bod yn well ganddo fwyta un o'r prydau parod a brynodd, a chael heddwch, ond byddai gwrthod wedi bod yn bechod marwol yng ngolwg y wraig weddw. Fyddai pryd go lew yn gwneud dim drwg iddo wedi'r cwbl, er y byddai rhaid talu drwy drafod prisiau paent yn B&Q neu wrando ar helyntion diweddaraf Merched y Wawr.

Safodd y tu allan i'r tŷ teras sylweddol am ennyd. Roedd beic y tu allan yn fwd i gyd. Agorodd Price y drws yn ei ddillad seiclo. 'Wedi dod ag *ear plugs* 'da chi?' meddai'n dawel. 'Newydd ddod 'nôl. Cawod sydyn a fydda i gyda chi nawr.' Roedd arogl y cinio oedd yn cael ei baratoi'n treiddio i'r cyntedd. Arweiniwyd ef i'r ystafell fwyta. Roedd bwrdd y wledd yn barod.

'Gwnewch eich hunan yn gyfforddus, Mr Goss, tra bo fi'n gorffen yn y gegin,' meddai Mrs Price. 'Brysia 'da'r gawod 'na, Elwyn,' gwaeddodd ar ei mab. Roedd clywed enw cyntaf y cwnstabl yn swnio'n od i Arthur.

Cafodd Arthur gyfle i sbecian ar y lluniau teuluol

o amgylch yr ystafell. Roedd Price yn berson go iawn mwyaf sydyn. Roedd lluniau o'i dad yn ei wisg plismon ar y wal. Gwyddai iddo gael ei saethu a'i ladd gan ladron yn nociau Lerpwl flynyddoedd yn ôl. Bu cryn sôn am y digwyddiad ar y newyddion. Ni chafodd neb ei arestio erioed. Rhaid bod chwaer ganddo yn ôl llun graddio ar y silff ben tân. Dim ond ei mam oedd yn y llun gyda hi. Rhaid na welodd ei thad hi'n graddio.

'Sut mae *Elwyn*?' holodd Arthur â gwên arwyddocaol pan ddaeth Price yn ôl o'r gawod.

'Iawn, *Arthur*,' meddai Price â chrechwen yn ôl.

Digon difyr a gwamal oedd y sgwrs yn ystod y cinio, a Price yn gwingo wrth i'w fam hel atgofion amdano'n fachgen, a sôn mor falch ydoedd pan gafodd fynd i'r CID dan adain Arthur. Mor wahanol oedd y profiad i brofiadau ei dad, a fu mewn iwnifform drwy gydol ei yrfa yn yr heddlu.

'Blasus iawn,' meddai Arthur yn ddefodol ar ôl i bawb orffen bwyta. 'Chi'n dipyn o feistres ar y bîff Stroganoff yna, Mrs Price.'

'*Bourguignon*, Mr Goss, *bourguignon*,' cywirodd hi ef.

'Wel, chi'n feistres ar hwnnw hefyd,' meddai Arthur yn frysiog.

'Fe gewch chi'ch dau fynd i'r rŵm ffrynt. Wy'n siŵr bod 'da chi ddigon i'w drafod' meddai hi, gan edrych yn awgrymog ar ei mab. 'Wy'n mynd i olchi'r llestri 'ma.'

Cododd y ddau a hebryngwyd Arthur i'r lolfa. Agorodd Price y drws i ddangos gŵr mewn crys-T, jîns a fflip-fflops yn eistedd yno o flaen nifer o gyfrifiaduron a'i gefn tuag atynt.

'Cinio da?' holodd y gŵr, yn parhau i edrych ar un o'r sgriniau.

'Hyfryd,' meddai Goss. 'Of all the living rooms in all the world … Ro'n i'n amau braidd.'

'Braf eich gweld chithau eto hefyd,' meddai Stanley, a throi i wynebu'r ddau. 'Amau beth?'

'Nad at fy iechyd yn unig y ces i'r gwahoddiad. Dyma sut rydw i'n dod i mewn i'r lŵp, ia?'

'Cystal lle â dim. Eisteddwch, Arthur,' meddai Stanley yn groesawus.

'Dyma lle mae'r "lŵp" yn digwydd?'

'Ie.'

'Be mae dy fam yn feddwl am hyn i gyd?' meddai wrth Price, gan gyfeiro at y cyfarpar cyfrifiadurol oedd yn llenwi'r ystafell.

'Gwraig plismon, chi'n gweld. Mae'n deall y pethe 'ma ac yn 'u derbyn nhw, ac mae'n bŵst bach neis i'w phensiwn hi.'

'Mae hi wrth ei bodd, siŵr gen i, i gael ei chyw bach gartre,' meddai Arthur yn goeglyd.

'Te bob awr, a bisgedi, ontife Syr?' meddai Price wrth Stanley.

'Cwestiwn,' meddai Goss wrth Stanley.

'Ie?'

'Pam yma, a ddim yn swyddfa'r heddlu fel o'r blaen?'

'Incognito, math o beth. Mae Price yn ôl yn aros gyda'i fam, ac mae lojar newydd yn y tŷ,' meddai Stanley braidd yn gryptig. 'Chi'n lico'r farf? Rhag ofn bod rhywun yn cofio.'

'Wela i,' meddai Goss, a llygedyn o olau yn dechrau tywynnu yn ei feddwl. 'Chi ddim am i'r heddlu wybod eich bod chi yma.'

'Rhywbeth felly.'

'Rydech chi'n archwilio'r Berig, on'd ydech chi?'

'Ydyn, ond mae yna lot mwy yn y potes.' Oedodd Goss am eiliad i feddwl.

'I bwy ydech chi'ch dau'n gweithio yn union? Special Branch?'

'Rhywbeth tebyg.'

'O cym on, os ydw i yn y lŵp, dwi yn y lŵp, reit? Stopiwch fod mor blydi cryptig efo fi, da chi. Dwi'n meddwl ein bod ni ar yr un ochr.'

'Yr SOU,' meddai Stanley.

'A phwy ddiawl yden nhw?'

'Special Operations Unit. Mae yna lot o'i angen e, chi'n gwybod.'

'Ti 'rioed yn dweud! Be 'dech chi isio efo fi?'

'Eisiau gwybod beth chi'n ei wybod a gweld os yw e'n matsio beth rydyn ni'n ei wybod. Ni'n fodlon talu am eich amser.'

''Sdim angen talu,' meddai Goss yn chwyrn, ac edrych i fyw llygaid Stanley. 'Os ydw i'n meddwl eich bod yn *kosher*, gewch chi be wn i am ddim.'

'Ydych chi'n credu'n bod ni'n *kosher*?'

'Tase *fo* ddim efo ti,' amneidiodd at Price, 'faswn i ddim mor siŵr, ond mae o, ac mae o'n strêt fel saeth.' Gwridodd Price ryw ychydig ond ni ddywedodd air, dim ond peswch yn ysgafn. 'Gewch chi ddechre, 'te,' meddai Goss. 'Spill the beans.'

'Iawn 'te. Rydyn ni wedi bod yn cadw golwg go agos ar y Berig yn ddiweddar, a chwarae teg iddo, mae Gruffudd ap Brân wedi bod yn gwneud lot o'r gwaith droston ni. Nid ei fod e'n gwybod rhyw lawer am hynny.'

'Sut?'

'Mae camerâu dros y lle i gyd, a ni'n gallu gweld beth mae e'n ei weld,' meddai Stanley, a chyfeirio at un o'r sgriniau cyfrifiadurol oedd ag wyth o luniau gwahanol arno, ac un arall ag wyth llun gwahanol arall. Sylwodd Goss ar gar yn pasio ar un sgrin, a'r un car yn ymddangos ar un o'r sgriniau eraill.

'Blydi hel! Sut ydech chi'n gwneud hynny?' holodd Goss.

'Digon hawdd, Syr,' meddai Price, oedd yn gyfarwydd â diffyg gwybodaeth gyfrifiadurol ei gynfòs. 'Ma'r llunie'n cael eu cario dros y rhyngrwyd, ac ma rhwydwaith penodol ar gyfer Berig. Y cwbwl wnaethon ni oedd torri i mewn iddo.'

'Ydy hynny'n gyfreithlon?' holdd Goss.

'Ddim yn hollol,' meddai Stanley, gan neidio i'r adwy i achub ei gyd-weithiwr. 'Ond mae e i ni.'

'Chi'n hacio ffôns hefyd?'

'Wrth gwrs,' atebodd Stanley, yn hollol fflat. 'Ac mae dolen gyswllt gyda ni ar y tu mewn hefyd.'

'Pwy?'

'Allwn ni ddim datgelu hynny. Caria mlaen, Price.'

'Wel, Syr. Ro'dd y signal braidd yn anodd 'i chael ar y dechre, ac ro'dd rhaid i ni ishte yn y dre mewn fan i'w chael hi ar un adeg, ond mae pethe lot yn haws nawr.'

'Sut hynny?'

'Fe lwyddon ni i osod router newydd yn nhŷ Gruffudd.'

'Sut wnaethoch chi hynny?'

'Ddim ni nath.'

'Pwy wnaeth?'

'BT,' meddai Stanley. 'Ydych chi erioed wedi cael router newydd?'

'Be ydy router?' holodd Goss, yn ymhyfrydu yn ei ddiffyg gwybodaeth.

'Y teclyn sy'n derbyn y signal, Syr,' meddai Price.

'Mae gynnoch chi gysylltiadau ym mhob man felly.'

'Oes,' meddai Stanley yn hollol blaen. 'Dalia i fynd, Price.'

'Ry'n ni'n recordio'r cwbwl fan hyn, a'i anfon e at bobl eraill sy'n ei ddadansoddi i ni, ac yn rhoi gwybod beth sy'n ddiddorol ac o ddefnydd.'

'Sut?'

'Dros y we, Syr.'

'Chi wedi cael lot sy'n ddiddorol neu o ddefnydd?' holodd Goss, yn ailadrodd terminoleg ffurfiol Stanley.

'Naddo,' oedd yr ateb swta. 'Ddim beth oedden ni eisiau ei weld, dim ond rhyw fachgen ar gefn cwod yn cael triniaeth go hallt, a gang o sipsiwn oedd am greu helynt yn cael crasfa. Y cwbwl wyddon ni ar hyn o bryd ydy bod Gruffudd ap Brân yn dipyn o control freak, a bod dim byd yn cael sbwylo'r patsh, a Gerwyn ei fab sy'n gwneud y gwaith brwnt gan amlaf.'

'Ond roeddech chi'n gwybod hynny'n barod. Mae'ch operation chi fan hyn braidd yn OTT felly. Beth oeddech chi isio'i weld?'

'Ry'n ni wedi derbyn gwybodaeth.'

'Ia, a …?' meddai Goss yn ddiamynedd.

'Beth amser yn ôl, pan oeddech chi yn yr ysbyty, fe ddalion ni un o gang y Corleys yn Lerpwl ar ganol gwneud *deal* go sylweddol am gyffuriau. Ydych chi wedi clywed amdanyn nhw?'

'Naddo.'

'Fe ddechreuodd e daflu cyhuddiadau i bob man, ac yn fwyaf penodol at deulu'r Loughlins. Ydy'r enw'n gyfarwydd?'

'Mae'n canu cloch yn rhywle. Ia, dyna oedd enw'r

hogyn ddaeth i'r ysbyty pan oeddwn i yno. Cyd-ddigwyddiad?'

'Efallai ddim,' meddai Stanley. 'Mi gafodd Matthew Loughlin ei ryddhau yn unol â thelerau Cytundeb Dydd Gwener y Groglith. Roedd e'n un o arweinwyr yr IRA yn ôl pob sôn. Wel, mae e wedi mynd yn ôl at ei briod waith o ddelio mewn heroin. Dyna beth oedd yn cynnal gweithgareddau'r IRA yn ystod y terfysgoedd, a thipyn bach dros ben iddo fe. Mae heroin Affganistan yn dod drwy Sbaen ac Iwerddon ac wedyn i mewn i Brydain. Mae'r Serbiaid yn fwy uniongyrchol, ac yn dod ag e'n syth drwy Ewrop. Ar ochr Iwerddon o bethau rydyn ni'n gweithio.'

'Os mai Corley rydech chi wedi'i ddal, be ydy ei gysylltiad o efo'r Loughlins?'

'Un o'u cystadleuwyr – maen nhw'n elynion pennaf.'

'Mae'n rhaid i chi gymryd y wybodaeth gawsoch chi ganddo fo â phinsiad go helaeth o halen, felly,' meddai Goss, oedd yn hyddysg iawn yn anwadalwch tystiolaeth clecwyr o'r fath.

'Oes. Ond mae'r bachan yma wedi canu fel cana'r aderyn.'

'Wedi gwneud *deal* fydd yn agor y maes i'w deulu o?'

'Rhywbeth felly.'

'Oedd y Loughlins yma rywbeth i'w wneud â'r busnes yn y Berig llynedd?'

'Ar ei ben.'

'Pwy? Y rhai oedd yn smyglo, neu'r rhai ddygodd y cyffuriau oddi arnyn nhw yn Telford?'

'Y rhai ddygodd y cyffuriau. Yr INLA, y Corleys oedd yn smyglo.'

'Wela i,' meddai Goss, a'r gwirionedd yn gwawrio

arno am y digwyddiadau yn y Berig. 'Nhw roedden ni ar eu holau pan dorrodd y gadwyn yn Telford. Chawson ni ddim siawns i ddarganfod i ble'r oedd y cyffuriau'n mynd, diolch i'r Loughlins. Wnaethon ni ddim poeni rhyw lawer amdanyn nhw ar ôl i dri o'r gang gael eu lladd yn y BMW. Rydyn ni, a chi, o'r hyn mae Price yn ei ddweud wrtha i, yn gwybod pwy laddodd nhw.'

'Y brodyr ap Brân.'

'Ie, ond allwn ni brofi dim byd. Roedd y cwbwl yn eitha cyfleus, serch hynny.'

'Roedd tri o'r dihirod pwysicaf allan o'r pictiwr.'

'Oedden, ond y broblem oedd, ar ben y ffaith ei fod e wedi colli gwerth miliwn o bunnoedd o heroin, fod un o feibion Matthew Loughlin yn y car, ac fel y gallwch chi ddychmygu, doedd e ddim yn rhyw bles iawn â hynny.'

'Pwy oedd Matthew Loughlin yn credu oedd wedi lladd ei fab?'

'Roedd e'n amau'r Corleys ar y pryd.'

'Ond arhoswch funud, doedd yr IRA a'r INLA ddim i fod ar yr un ochr?'

'O fath, ond ers diwedd y terfysgoedd, mae cystadleuaeth am y patsh.'

'Felly mi oedd y busnes yn y Berig a'r lladrad yn Telford yn rhyw fath o ryfel mewnol?' holodd Goss.

'Oedd. Trwy gyswllt sy ganddon ni yn yr hen IRA y cawson ni'r wybodaeth am y dull o fewnforio yn y lle cyntaf. Cyswllt o America o bob man.'

'America?'

'Mae lot o arian o America wedi noddi'r IRA a'r INLA yn y gorffennol. Mae un o fuddsoddwyr Daliadau'r Berig yn gyn-gefnogwr i'r IRA ac am setlo rhyw hen gynnen.'

'Yn erbyn yr INLA?'

'Ie. Dyna sut cawson ni'r tip-off am fewnforio'r cyffuriau trwy'r Berig yn y lle cyntaf. Y drwg oedd, doedd y Loughlins ddim yn gwybod hynny er eu bod nhw ar yr un ochr.'

'Yr IRA?'

'Ie. Roedd yr un wybodaeth ganddyn nhw ag oedd ganddon ni ac fe welson nhw eu cyfle i ddwyn y cyffuriau ar ôl i rywun arall wneud y gwaith caled o'i fewnforio fe. Yr eironi ydy fod y Loughlins ...'

'Yr IRA?'

'Ie, wedi achub y Corleys.'

'Yr INLA?'

'Ie,' meddai Stanley, braidd yn ddiamynedd. 'Oni bai amdanyn nhw, mi fuasen ni wedi gallu dilyn y gadwyn i'r pen a dal y Corleys. Dal y cadfridogion yn hytrach na'r milwyr troed.

'Y Loughlins rydech chi ar eu holau y tro hwn, 'te.'

'Ie.'

'Ac os gallwch chi gael rhywbeth ar deulu ap Brân yr un pryd?'

'Bonws, ond ddim yn hanfodol.'

'Ai drwy Gruffudd ap Brân y daeth y wybodaeth?' holodd Goss. 'Roedd sïon bod cysylltiadau rhwng yr hen FWA a'r Gwyddelod, ac roedd yr hen Ap yn un ohonyn nhw ar un adeg.'

'Efallai. Dwi'n dweud dim.' Bu eiliadau hir o dawelwch tra oedd y wybodaeth i gyd yn treiddio i ymennydd Arthur. Yn amlwg, doedd dim mwy i ddod o ddilyn y trywydd hwnnw.

'Bobol bach, chi'n byw mewn rhyw gythrel o fyd cymhleth yn yr SOU yma,' meddai Goss yn goeglyd. 'Teuluoedd dedwydd, myn diawl!' Oedodd am eiliad.

'Dwi'n dal ddim yn deall beth sy gan hyn i gyd i'w wneud â'r Berig rŵan,' meddai wedyn.

'Wel, yn ôl yr aderyn oedd yn canu yn Lerpwl, mae Matthew Loughlin wedi clywed ar y gwynt – wyddon ni ddim sut – mai'r brodyr ap Brân laddodd ei fab. Ar ben hynny, fe anfonodd e ddau hit man i lawr yno ddiwedd Chwefror. Ddaethon nhw byth yn ôl. Aeth un â'i gar i goeden rhywle yn ochrau Aber. Ddeffrôdd e ddim. Fe fuodd e yn yr ysbyty yno am wythnos cyn iddo farw. Trueni, mi fyddai wedi bod yn ddiddorol cael gair ag e. Welwyd byth mo'r llall wedyn.'

Pendronodd Arthur am eiliadau hir, ac atgofion cymysglyd o'r ysbyty'n llifo drwy ei feddwl. 'Ddiwedd Chwefror?'

'Ie. Roedd yn dipyn o ddirgelwch ar y pryd. Gynnau a phob dim yn y car. Daeth ei ewythr o Lerpwl i hawlio'r corff. Aeth y trywydd yn oer wedyn, a doedd y Prif Gwnstabl ddim am wastraffu adnoddau'n chwilio. Od, ondefe? Ac wedyn, fe glywson ni gan ein deryn bach ni yn Lerpwl.'

Pendronodd Goss yn hir eto. 'Felly rydech chi jest yn aros i rywbeth ddigwydd.'

'Ydyn.'

'Beth?'

'Wyddon ni ddim, ond mae e'n mynd i ddigwydd yn fuan. Mae Loughlin ben a sgwyddau uwchben y sipsiwn 'na ddaeth i'r Berig, gan gynnwys y bachgen oedd yn y gwely drws nesa i chi. Yr un teulu ydyn nhw o beth wy'n ddeall, ond tegell gwahanol o bysgod, fel petai. Mae hwn yn ddyn cas iawn, mae e'n gwybod beth mae e'n ei wneud, ac mae gydag e ddigon o reswm i ymweld â'r Berig. Chi am ei weld e?' meddai Stanley a chyflwyno ffotograff i Goss. 'Dydy e ddim yn rhyw iach iawn, yn ôl pob sôn.'

'Dim byd dibwys, gobeithio.'

'Canser y prostad yn ôl meddygon y carchar. Ddim yn hir i fyw. Dyna pam bydd pethau'n digwydd yn fuan. Hen lun ydy hwn. Mae e wedi heneiddio dipyn ers hynny.'

'Chwedegau hwyr?'

'Ie, tipyn yn ifancach na Gruffudd.' Llun a dynnwyd pan aeth Loughlin i'r carchar oedd e, ond nid oedd hwn mor amhersonol â'r cannoedd a welsai Goss o'r blaen. Dangosai ddyn â barf daclus a'i wallt yn gwynnu. Roedd ganddo wyneb deallus, diwylliedig. Gallai fod wedi bod yn ddarlithydd neu'n feddyg, ond roedd osgo ei ben a'r hanner gwên ar ei wyneb yn cyfleu rhyw gynneddf fileinig, a'r llygaid fel petaent yn edrych drwy lens y camera i berfedd y sawl oedd yn edrych ar y llun. Edrychodd Goss yn hir yn ôl i'r llygaid hynny.

'Mae hwn yn lladd pobl,' meddai Stanley. 'Mae'n lladd o genfigen, ac i gosbi anufudd-dod a diffyg teyrngarwch, ond yn bennaf oll, mae e'n lladd i ddial. Mae e'n cŵl ac yn hollol bragmatig wrth ei waith. Does neb yn ei herio. Fyddai neb yn beiddio.'

'Tipyn o foi, 'te,' meddai Goss, yn parhau i edrych i fyw'r llygaid. 'Ydech chi'n defnyddio'r Berig fel abwyd i ddal hwn?' gofynnodd, heb godi ei olygon.

'Fe allech chi ddweud hynny.'

'Allwch chi ddim gwneud rhywbeth?'

'Gwneud beth? Allwn ni ddim rhybuddio'r brodyr ap Brân bod y bandits ar eu ffordd a dweud, "Esgusodwch fi, ond rydyn ni'n gwybod mai chi laddodd y bois 'na, ond fe benderfynon ni beidio â'ch restio chi, ac rydyn ni'n ymwybodol eich bod wedi lladd pobl eraill hefyd, ac mae'r bòs eisie'ch gwaed chi nawr," allwn ni?' meddai Stanley mewn llais sarrug oedd yn cyfleu ei rwystredigaeth yntau. 'Allwn ddim restio neb arall chwaith. Does dim byd wedi digwydd eto. A wyddon ni ddim ymhle mae Loughlin. Does neb wedi ei weld e ers iddo adael carchar y Maze, er bod ei stamp e ar bob dim. Y sôn ydy ei fod e eisie dial yn bersonol y tro hyn.'

'Pam cafodd o'i ryddhau yn y lle cynta?'

'Roedd pawb yn cael eu rhyddhau. Dim rhyddhau, dim *deal* oedd hi yng Ngogledd Iwerddon.'

'Sut gallwch chi fynd ar ei ôl o rŵan?

'Mae digon o stwff 'da ni ar be mae e wedi'i wneud ers hynny.'

Oedodd Arthur am eiliad i feddwl cyn parhau.

'Felly pam ddim cynnwys yr heddlu lleol?' holodd. 'O, wela i, chi'n eu hamau nhw hefyd,' a'r geiniog yn disgyn cyn i Stanley gael cyfle i ateb.

'Ac os daw'r heddlu i wybod, mi fydd y teulu ap Brân yn siŵr o gael gwybod,' meddai Stanley. 'Mae'r ddolen gyswllt rhyngddyn nhw'n rhy agos. Maen nhw'n siŵr o fod yn disgwyl rhywbeth, ac rydyn ni'n gwybod o brofiad eu bod nhw'n gallu eu hamddiffyn eu hunain yn iawn.'

'Hyd yn oed yn erbyn Loughlin?'

'Maen nhw wedi gwneud yn iawn hyd yn hyn. Mae'r Chwiorydd yn ddeheuig iawn yn ôl yr hyn a welwn ni.'

'Y Chwiorydd?'

'Grŵp o fois lleol. Merched Beca cyfoes. Rhyw fath o warchodlu. Mae bois mwy swyddogol mewn lifrai duon o gwmpas y lle hefyd. Tipyn mwy yn ddiweddar.'

'Neighbourhood Watch?'

'Mwy na hynny.'

'O,' meddai Goss. Bu tawelwch am funud hir. 'Felly pam dod â fi i mewn i'r lŵp? Hen blismon ar ei bensiwn ydw i. Faint o ddefnydd alla i fod? Ydech chi jest isio i mi gadw allan o'r ffordd?' holodd.

'Ddim yn union. Chi'n adnabod pobl.'

'Pwy?'

'Branwen Brân,' meddai Stanley yn bendant, ac ysgytiwyd Arthur. 'Mae Price wedi dweud wrtho i'ch bod chi wedi bod yn eitha clòs 'da hi, os caf i fod mor hy.' Rhythodd Arthur ar Price ac wedyn at Stanley.

'Does a wnelo hi ddim â'r holl beth,' meddai'n chwyrn.

'Felly rydyn ni'n amau. Does dim yn ei negeseuon hi'n gwneud i ni feddwl bod 'na. Ond mae hi yn y *firing line* fel pawb arall. Mae ganddon ni rywun yn cadw llygad arni.'

'Tu allan i'r bwthyn?' holodd Arthur.

'Ie.'

'Mae gynnoch chi rywun i neidio i'r adwy ar frys, felly.'

'Oes.'

'Dwi'n dal ddim yn gwybod sut rydw i'n ffitio i mewn.'

'Os clywch chi rywbeth ar y gwynt, rhowch wybod i ni,' meddai Stanley. Roedd meddwl Arthur yn mynd fel trên erbyn hyn, a'r wybodaeth yn troi yn ei ben. Cododd.

'Dyna ni, 'te?'

'Dyna ni,' meddai Stanley.

'Reit,' meddai Arthur a'i wynt yn byrhau. Ymbalfalodd yn ei boced am y pwmp Ventolin y bu'n ei gario ers iddo adael yr ysbyty. Cymerodd ddracht ohono. 'Mae rhif ffôn Price gen i,' meddai, a'i anadl yn dychwelyd. 'Fe gawn ni air eto,' meddai wrth Price. 'Diolch am y cinio, Mrs Price,' gwaeddodd wrth adael.

'Croeso, Mr Goss,' daeth llais o'r gegin.

Roedd hi tua naw o'r gloch erbyn i Arthur gerdded adref drwy'r glaw mân. Roedd ei frest yn dynn, ac agorodd ddrws y garafán yn ddiolchgar o gyrraedd y sychder a'r cynhesrwydd. Crafodd y drws dros amlen ar y llawr. Nid oedd cyfeiriad arni. Anaml y câi bost. Prin oedd y bobl a wyddai ei gyfeiriad, ac oedodd cyn agor yr amlen frown. Eisteddodd i ddarllen y cynnwys. Roedd ei feddwl ymhell. Synnodd wrth ddarllen y geiriau oedd wedi eu teipio ar y ddalen:

> *Hoffwn gael gair. Bydd yr hyn sydd gennyf i'w ddweud o ddiddordeb, rwy'n credu.*
> *Caffi Tambini y Rhewl yfory (dydd Mawrth) 10.30*
> *Byddaf yn eich adnabod.*

Nid oedd nac enw na llofnod. Roedd yr arddull yn swyddogol a'r iaith yn gywir. 'Pwy gythrel ...?' ebychodd Arthur yn dawel ac eistedd yn ôl yn ei gadair. Ni chododd ohoni am yn hir.

Pennod 9

Roedd hi'n tynnu at 10.30 pan gerddodd Arthur i'r caffi yn y Rhewl fore trannoeth. Roedd hi'n ddigon prysur yno. Pensiynwyr oedd y rhan fwyaf o'r cwsmeriaid, ac roedd un cwpwl ifanc yn eistedd yn y gornel. Edrychodd ar bawb ond nid adnabu neb. Roedd Tambini ei hun wrth y cownter a'i gefn ato, yn trin y peiriant coffi. Ystyriodd Arthur ai hwn anfonodd y neges. Go brin fod ei Gymraeg yn ddigon da, meddyliodd, a throdd yr Eidalwr i gymryd ei archeb.

'*Latte*, plis,' meddai Arthur.

'Where you sitting?'

Trodd Arthur i weld ble oedd ar gael. 'By the window,' meddai.

'I'll bring it over.'

'Thanks,' meddai Arthur, rhoi'r arian ar y cownter a throi i eistedd. Roedd y bwrdd wrth y ffenest yn ddelfrydol er mwyn gweld, meddyliodd. Cyrhaeddodd y ddiod, ond doedd dim ystum arwyddocaol gan Tambini.

Wrthi'n rhoi siwgr yn ei goffi yr oedd pan gerddodd Dr Chandra i mewn heb edrych arno, a chamu at y cownter i archebu. Daeth yn ei ôl ac eistedd gyferbyn ag Arthur.

'Bore da, Mr Goss,' meddai. 'Ydych chi'n teimlo'n well?'

'Ydw, diolch.'

'Yn cymryd y Ventolin?'

'Ydw.'

'Da iawn.'

Roedd Arthur yn dechrau pendroni ai hwn anfonodd y llythyr, neu ai cyd-ddigwyddiad llwyr oedd gweld Chandra yn y fan hon. Os felly, roedd yn gyd-ddigwyddiad hynod anghyfleus, ond ni chafodd ei siomi.

'Ddim eich iechyd rydw i am ei drafod,' meddai Chandra. Roedd ymarweddiad ffurfiol y meddyg a Chymraeg perffaith y dysgwr deallus yn parhau.

'Ro'n i'n amau braidd.'

'I ddod at y pwynt, rydw i wedi bod trwy'r sianelau swyddogol ond heb gael y sylw roeddwn i'n ei ddisgwyl.' Suddodd calon Goss wrth feddwl bod y gŵr am ofyn rhyw ffafr oedd yn ymwneud â thrwydded fewnfudo neu rywbeth tebyg.

'Rydw i'n meddwl y bydd yr hyn sy gyda fi i'w ddweud o ddiddordeb i chi, Mr Goss,' meddai Chandra, yn sylwi ar y siom yn ei wyneb. Bobol bach, mae hwn yn siarp, meddyliodd Arthur ac adfywiodd ei chwilfrydedd.

Cyrhaeddodd te Chandra. Siaradodd wrth iddo ei arllwys yn ofalus. Roedd popeth am ei ymarweddiad yn gysáct, ac yfodd y cwpanaid te yn ddefodol. 'Gwybodaeth sy gen i, gwybodaeth mae'r heddlu wedi ei chael a heb wneud dim o gwbwl â hi. Dyna pam rydw i wedi dod atoch chi,' meddai, wrth sipian yn araf.

'Ond dwi wedi ymddeol.'

'Dwi'n gwybod, ond efallai fod gyda chi gysylltiadau, ac rydw i'n credu eich bod chi'n ddyn, sut dweda i, beth ydy'r gair, strêt.'

'Diolch am y compliment. Dwedwch eich dweud.'

'Cyn i mi ddechrau. Dydw i ddim wedi siarad â chi. Ydy hynny'n glir?'

'Perffaith.'

Dechreuodd y meddyg yn ei arddull ffurfiol. 'Yn fy ngweithle, rydw i'n gweld llawer o bethau, ac yn cau fy llygaid i lawer o bethau. Ond mae pwynt yn dod pan mae'n rhaid i ni i gyd agor ein llygaid. Mae llawer gormod o'r hyn rydw i'n ei weld yn deillio o un man.'

'Y Berig?'

'Ie. Mae rhywbeth mawr o'i le yno.' Meddyliodd Arthur am ei gyfnod yn yr ysbyty unwaith eto.

'Oes cysylltiad rhwng hyn a'r bachgen fu farw yn y gwely drws nesaf i mi? A be am y dyn ddaeth i mewn oedd wedi cael damwain car? Daeth ei ewythr o Lerpwl i nôl y corff. Roedd gynnau yng nghist y car.'

'Sut y gwyddoch chi amdano fe?'

'Stori hir.'

'Dwi ddim yn siŵr amdano fe, ond synnwn i ddim.'

'Sut hynny?'

'Roedd yr un nodwedd yn perthyn i'r achosion.'

'Sef?'

'Lefel uchel o ketamine yn y gwaed.' Oedodd am eiliad a sylweddoli maint anwybodaeth feddygol Goss. 'Tawelydd ceffylau oedd ketamine yn wreiddiol, ond mae'n gyffur hamdden ers blynyddoedd. Mae e ar gael ar y farchnad ddu, ond mae dos rhy uchel yn anesthetig effeithiol iawn. Rhaid bod yn ofalus faint i'w ddefnyddio, ac mae'n cymryd amser i'r corff ei waredu. Effaith y cyffur oedd achos y ddamwain car, rwy'n credu. Fyddai'r dyn ddim wedi bod mewn cyflwr i yrru o gwbl.'

'Fuodd 'na archwiliad post mortem?'

'Do, ond doedd dim ôl cyffuriau yn ei waed, yn ôl yr adroddiad. Roedd amgylchiadau'r farwolaeth yn amheus iawn, ac fel arfer, maen nhw'n chwilio am gyffuriau neu alcohol. *Death due to trauma and excessive blood loss* oedd y canlyniad, a dyna ni.'

'Sut cawsoch chi wybod am y ketamine, 'te?'

'Fe wnaeth y labordy brofion ychwanegol ar ei waed e i mi. Dyna pryd ddarganfuon ni'r cyffur. Ond roedd hyn beth amser wedyn. Dydy hi ddim yn hawdd darganfod rhywbeth heb wybod beth rydych chi'n chwilio amdano. Fe hysbysais i'r awdurdodau yn yr ysbyty, ond chlywais i ddim byd wedyn.'

'Pwy wnaeth y post mortem?'

'Lambert.'

'O,' meddai Goss yn arwyddocaol. Cofiodd iddo weld Lambert yng nghynhadledd cyfranddalwyr Daliadau'r Berig y flwyddyn cynt pan aeth i glustfeinio ar y cynadleddwyr. Gwyddai ei fod hefyd yn gwneud llawer o waith ar gyfer yr heddlu.

'Oes mwy?'

'Oes. Roedd ganddo glais bach ar ei ben-ôl. Un o'r nyrsys sylwodd gyntaf. Roedd gan y bachgen yn y gwely nesaf atoch chi glais yn yr un lle hefyd.' Llifodd atgofion yn ôl i Arthur o'i arhosiad yn y ward.

'Roedd dau frawd y bachgen yna'n cwyno am boen yn eu penolau nhw hefyd,' meddai. 'Dwi'n cofio iddyn nhw sôn. Doedden nhw ddim yn gwybod 'mod i'n gwrando. Ond roedd y bachgen yn ddiabetig, ac yn defnyddio nodwydd bob dydd, on'd oedd?'

'Oedd, ond dydy person diabetig ddim yn rhoi'r nodwydd yn ei ben-ôl. Mae e fel arfer eisiau gweld i ble mae'r nodwydd yn mynd, a does dim clais na briw.'

'Sut gwyddoch chi am y ketamine yn ei waed e?'

'Roedd ffiolau o'i waed gyda ni o'r adeg y daeth e i

93

mewn. Sicrheais fod yr un profion yn cael eu gwneud arnyn nhw.'

'Oes mwy?'

'Oes. Mae sawl unigolyn wedi dod i mewn wedi'i anafu ond ddim yn fodlon dweud sut.'

'Fel pwy?'

'Un bachgen ifanc o'r dref oedd wedi cael ei ddal yn gwerthu cyffuriau. Roedd esgyrn ei ddwy law yn ddarnau.'

'Pwy ddaliodd e?'

'Y Chwiorydd.'

'Dwi wedi clywed amdanyn nhw.'

'Roedd dyn arall wedi ei anafu'n wael iawn. Y sôn oedd ei fod wedi bod yn lawrlwytho pornograffi plant. Mae'n debyg bod rhwydwaith y Berig yn monitro pob gwefan mae pawb yn ei defnyddio, ac mae cloch yn canu yn rhywle os yw rhywun yn ymweld â gwefannau amheus.'

'Sut rydech chi'n gwybod hynny?'

'Rwy'n byw yn y Berig,' meddai Chandra.

'O,' meddai Goss.

'Mae fy ngwraig yn aelod o'r clwb coffi. Maen nhw'n clywed am bob dim. Ddaeth hwnnw byth yn ôl i'r Berig ar ôl gadael yr ysbyty.'

'O,' meddai Arthur eto.

'Mae'r gyfundrefn yn treiddio i bob agwedd o fywyd. Os oes problem, neu anghydfod, neu fygythiad neu drafferth o unrhyw fath, mae disgwyl i'r cyngor cymuned wybod yn gyntaf. Mae llythyr yn cael ei anfon. Mae'r broblem yn cael ei datrys, ac os nad ydy hi, mae un o'r swyddogion diogelwch yn galw, neu Gerwyn. Does neb am weld Gerwyn. Mae'r gymdeithas ar yr wyneb yn hedd, perffaith hedd, ond am ba bris? Mae pawb yn garcharorion i'r gyfundrefn. Mae'r "llu diogelwch", fel maen nhw'n galw eu hunain, wedi cynyddu'n sylweddol yn ddiweddar. Maen nhw ym mhob man. Dydyn nhw ddim yn amlwg bob amser, ond maen nhw yno.'

Sgwn i pa *lu* welodd e, meddyliodd Arthur. Cofiodd nad oedd heddlu cudd mor gudd â hynny bob tro, o'i brofiad yntau yn y Berig. Roedd osgo heddwas fel petai'n treiddio drwodd.

'Ydyn nhw'n gwisgo lifrai arbennig?'

'Rhai, ond ddim pob un.'

'Os na thynnwch chi sylw at y pethau yma, fydd gennych chi ddim problem,' meddai Arthur, braidd yn ddiystyriol o wewyr y meddyg.

'Ond os na wna i, pwy wnaiff?' Oedodd Chandra cyn edrych ar Arthur. 'Allwch chi wneud rhywbeth?'

'Wn i ddim, wn i ddim wir. Dydy regime change erioed wedi bod yn rhan o briff plismon,' meddai Arthur. 'Pam ydech chi'n gofyn i mi? Rydw i wedi ymddeol, i fod.'

'Rydych chi'r tu allan i'r gyfundrefn. Mae grym ac arian y Berig yn treiddio i bob man. Rwy'n hyderus nad ydy e wedi treiddio atoch chi.'

'Diolch, ond …'

'Wn i,' meddai Chandra. 'Rwy'n gofyn gormod, jest meddwl y gallech chi helpu,' meddai wedyn. Cododd i ymadael, a'r siom yn amlwg yn ei lais.

'Arhoswch,' meddai Goss yn sydyn, a thinc awdurdodol yn ei lais. 'Ga i weld be alla i ei wneud. Dwi'n addo dim. Dwi'n ymwybodol o bron popeth y sonioch chi amdano, ac yn gwybod mwy na fuasech chi'n ei gredu. Ond peidiwch â disgwyl gormod.'

'Rwy'n deall,' meddai'r meddyg, ac ymateb Arthur

wedi ei synnu braidd. 'Arhosa i i glywed gennych chi, felly.'

'Iawn,' meddai Arthur. 'Un cwestiwn arall?'

'Ie?'

'Pam ydech chi'n gwneud hyn? Fe ddwedsoch chi wrtha i mai gwella pobl oedd eich gwaith chi, ac nid cwestiynu'r drefn.'

'Gwrandewch, dwi'n dod o Sri Lanka. Dwi wedi ymgartrefu yma, ond Tamil ydw i.' Roedd angerdd yn ei lais. 'Rydw i wedi dioddef gorthrwm yn fy ngwlad fy hun, ac rydw i'n ei weld yn digwydd yma, mewn gwlad sydd i fod yn waraidd, ac mae'n effeithio arna i.' Oedodd am ennyd cyn parhau, yn amlwg yn ystyried beth roedd am ei ddweud nesaf. Roedd y llen ffurfiol yn disgyn. 'Mae fy nghytundeb i'n dod i ben yn yr ysbyty ymhen ychydig fisoedd, a dydy'r awdurdodau ddim yn bwriadu ei adnewyddu, mae'n debyg, ers i mi fynegi fy mhryderon wrthyn nhw. Mae'n hawdd i mi ddweud, mi wn, ond mae fy ngwaith wedi derbyn clod. Fi oedd meddyg Gruffudd ap Brân. Hebof i, fyddai e ddim yma. Does neb yn fy maes arbenigol i all gymryd fy lle. Peidiwch â dweud wrtha i ei bod hi'n hawdd denu'r meddygon gorau i orllewin Cymru. Mr Goss, rydw i eisiau aros. Rydw i wedi dysgu Cymraeg, mae fy mhlant yn yr ysgol yma, ac mae fy ngwraig yn hapus. Ond mae rhywbeth yn digwydd nad ydw i'n ei ddeall. Efallai y gallwch chi helpu.' Edrychodd i fyw llygaid Arthur wrth iddo siarad. 'Ddim fi sy'n bwysig yn y pen draw, ond os galla i aros, bydd tystiolaeth fod gobaith i ni drechu gormes.'

'Wn i ddim be alla i ei wneud, ond fe wna i 'ngorau,'

meddai Arthur, yn ymwybodol fod ei eiriau'n swnio'n llipa, braidd.

'Alla i ddim â gofyn mwy na hynny. Rydych chi'n ddyn da. Diolch am eich amser,' meddai'r meddyg, a gadael. Ni orffennodd ei de. Edrychodd Arthur yn fyfyrgar ar ei ôl. Anadlodd yn ddwfn. Chafodd y dracht o'r pwmp yn ei boced fawr o effaith y tro hwn.

Roedd olwynion ei ymennydd yn troi. Ymddeol? Pa ymddeol? meddyliodd.

Pennod 10

Roedd haul y gwanwyn yn tywynnu, ac aethai wythnos o hedd perffaith heibio yn y Berig. Roedd yr ymwelwyr y dechrau dod i lan y môr, os nad i nofio, i chwarae ar y tywod. Roedd cychod wedi eu lansio o'u lleoedd cadw dros y gaeaf, gwerthwyr hufen iâ ac offer glan môr yn agor eu drysau, a phawb yn edrych ymlaen at haf llewyrchus. Roedd y maes parcio newydd yn y chwarel wedi ei gwblhau, y marciau didoli ar gyfer y ceir wedi eu peintio, a'r fraich awtomatig wedi dechrau codi a gostwng wrth dderbyn taliadau. Roedd y bwrlwm yn dychwelyd. Roedd y penwythnos yn argoeli'n dda. Gwyliai Gruffudd y cyfan yn deffro â boddhad. Gwyliai Osian y camerâu yn yr ystafell ddiogelwch hefyd. Ni wyddai am beth yn union roedd yn gwylio, ond roedd arch wedi dod gan Gerwyn ddeufis ynghynt iddo ef a'i gyd-dechnegwyr fod ar eu gwyliadwriaeth, ac i'r Chwiorydd fod ar alw. Serch hynny, roedd diwrnod mor bleserus, mor normal yn hudo pawb.

*　　　*　　　*

Bore Sul oedd hi pan wasgodd Stanley'r botwm i orffen yr alwad ar ei ffôn symudol.

'Reit, dyna ni. Ni'n pacio,' meddai wrth Price, oedd newydd ddod i mewn o'r gegin. Roedd arogl cinio dydd Sul yn treiddio drwy'r tŷ.

'O,' oedd unig ymateb Price.

'Wedi cael cyfarwyddyd. Mae'r op yma'n gorffen.'

'Ond ...'

'Ond dim byd. Mae'r cyfan yn mynd yn rhy gostus, a'r farn gyffredinol erbyn hyn yw fod Corley'n siarad drwy dwll ei din. Y cwbwl roedd e'n ei wneud oedd palu celwyddau er mwyn achub ei groen ei hun.'

'Ond beth am Loughlin? Beth am yr hitmen 'na anfonodd e?'

'Ffantasi, maen nhw'n meddwl nawr, ac mae ffaith bwysig wedi dod i'r golwg. Roedd Matthew Loughlin yn un o'r rhai a dderbyniodd amnest yn dilyn cawlach y llythyron aeth at gannoedd o bobl a fuodd o dan amheuaeth o derfysgaeth yng nghyfnod Tony Blair. Allwn ni wneud dim byd iddo fe. O'r hyn rwy'n ei ddeall, trwyddo fe y cawson ni wybod am sawl un o'r bomwyr eraill. Roedd hynny'n rhan o'r cytundeb wrth ei ryddhau. Mae heddwch yng Ngogledd Iwerddon yn bwysicach na'r farchnad gyffuriau.'

'Shwt mai dim ond nawr ma'n nhw'n gweud wrthon ni?'

'Wn i ddim, ond ma fe'n wir. Well i ni alw'r cafalri i mewn.'

'A beth am Goss?'

'Y tu hwnt i fy rheolaeth i. Mae'r ddêl wedi dod i ben i'r deryn bach yn Lerpwl hefyd, glywais i.' Roedd llais Stanley'n fflat a'i wyneb yn ddiemosiwn.

'Chi ddim yn grac am hyn, Syr?'

'Yn hollol ffycin gandryll, gan dy fod di'n gofyn.' Trawodd y rheg o enau Stanley glust Price fel gordd, er mor bwyllog yr ynganwyd y frawddeg. Parhaodd Stanley yn yr un modd mesuredig. 'Ond fydda i'n dweud dim, ac rwy'n dy gynghori di i wneud yr un fath. Sowldiwrs ydyn ni yn y diwedd. Mae rhyw bethau'n digwydd i fyny yn fan 'cw,' meddai, gan bwyntio at y nenfwd, 'na wyddon ni ddim amdanyn nhw, a chau ein llygaid a'n cegau sydd orau, iawn?'

'Iawn,' meddai Price, a bu tawelwch am eiliadau hir. 'Chi moyn i fi weud wrtho fe, on'd y'ch chi?'

'Wel, mae'n rhaid i rywun wneud.'

'Diolch, Syr,' meddai Price. Trodd Stanley at y gwaith o ddatgysylltu'r amryfal wifrau.

Yn hwyrach y bore hwnnw y cyrhaeddodd Price garafán Arthur yn drwm ei galon, a churo ar y drws.

'Braint!' meddai Arthur wrth agor y drws yn ei ŵn llofft. 'Te?' holodd wedyn. 'Tyrd i mewn a paid ag edrych fel yna. Pan fyddi di wedi ymddeol, mi gei di aros yn dy byjamas drwy'r dydd hefyd.'

'Diolch.'

'Pam yr ymweliad?'

'Ni'n cau'r operation yn y Berig i lawr.'

'Ti'n feistr ar dorri newyddion drwg,' meddai Arthur yn goeglyd.

'Dim ffordd arall o neud.'

'Pam?'

'Ein siawns ni o neud rhywbeth am Loughlin wedi mynd. Alla i ddim gweud mwy.'

'Paid â deud y byddai'n rhaid i ti fy saethu i.'

'Rhywbeth fel 'na. Mae rhywun uwch ein penne ni wedi gweud, a do's dim dadle, a 'na fe.'

'Dim dadlau, myn yffern i.' Roedd gwrid yn codi i wyneb Arthur, ac roedd ei anadl yn byrhau. Cydiodd yn y pwmp o boced ei byjamas a chymryd dracht helaeth.

'Shgwlwch,' meddai Price, yn ceisio dod â rhywfaint

o heddwch i'r sefyllfa. Nid oedd wedi gweld tymer fel hyn gan ei hen fòs erioed. 'Ma popeth yn dawel iawn yn y Berig, a fel wedoch chi, ro'dd siawns eitha da nad o'dd tystiolaeth Corley'n mynd i fod yn ddibynadwy.'

'Ond be am y brodyr Brân, a'r Chwiorydd? Y llinach i gyd yn y Berig, o ran hynny? Mae'r bastards yna wedi bod yn lladd ac yn troi dŵr o bob blydi man i'w melin nhw ers oesoedd. A ble cawson nhw'r pres i ddechrau'r fenter? Gan Siôn Corn?'

'Bonws fydde dal y brodyr wedi bod, a heb Loughlin, y brif wobr, do's dim llawer o bwynt.'

'Dim llawer o bwynt?!'

'Ddim fi sy'n gweud.'

'Ac fe gaiff y Berig ddal i ffynnu'n ddilychwin,' poerodd Arthur. 'Fel rhyw dalaith fach ddiogel â rhyw fath o diplomatic immunity. Edrych ar y rhain,' meddai'n wyllt, a throi i chwilota yn un o'r droriau y tu ôl iddo. 'Edrych ar y rhain,' meddai eto, troi ag amlen o luniau yn ei law, eu tynnu nhw allan a'u taflu ar y bwrdd coffi o flaen Price.

'Wyt ti'n cofio Gordon Prendegast?'

'Wrth gwrs bo' fi. 'Na'r achos cynta weithion ni arno 'da'n gilydd.'

'Yr unig un, cyn i mi gael fy symud i'r naill ochr ac ymddeol yn gyfleus.' Roedd rhyddhad ym mhob sillaf a ddoi o enau Arthur. Roedd y wybodaeth wedi bod yn cronni ac yn corddi yn ei ben, ac roedd yn bwrw ei berfedd yn un llifeiriant.

'Edrych, da chdi. Dyma'r lluniau dynnodd o. Mi oedd o wedi gweld popeth, pob blydi dim. Dyna pam gafodd o'i ladd, a neb am wneud dim byd amdano fo. Mi oedd o'n gwybod bod y teulu ap Brân wedi bod yn pedlo canabis ers achau. Mae lluniau o'r planhigion yn tyfu yn y chwarel sy'n faes parcio yn y Berig erbyn hyn.' Roedd ei lais yn crygu wrth iddo siarad, a Price yn pori drwy'r lluniau. 'Roedd o wedi gweld y Loughlins yn aros ar y maes carfannau yn y Berig, ac roedd yn gwybod yn iawn nad trwsio peilons letrig oedden nhw – dim ond esgus oedd hynny. Falle ei fod o wedi camddeall y berthynas, neu'r diffyg perthynas, â theulu'r Brain, ond mi oedd o wedi gweld popeth, pob ffycin peth! Wn i ddim yn iawn pwy laddodd o, y Brain neu'r Loughlins, ond siŵr i ti, mor siŵr a feder siŵr fod, ddim damwain oedd hi pan ffrwydrodd y garafán yna.'

'Ond ...' meddai Price, ond doedd dim torri ar draws y llif. Doedd llais Arthur yn ddim mwy na sibrydiad uchel erbyn hyn.

'A ti'n cofio Ezra Lake, yr awdur fu farw'n sydyn, cyswllt mawr Prendegast?'

'Ydw, wrth gwrs. Open and shut case, o beth glywon ni.'

'Hunanladdiad? Falle wir, ond dwi ddim mor siŵr. Dyma beth oedd ar ei gyfrifiadur o,' meddai Arthur, a rhoi amlen a chopi o *Velvet Mafia* ynddi i Price. 'Mi ges i hwn gan un o'r plismyn yn Solihull ar ôl y cwest. Does dim enwau na lleoliadau ynddo, ond bobol bach, mae o'n ofnadwy o debyg i'r Berig. Mae yna linynnau'n mynd i bob man. Dros Gymru, Iwerddon, America ac Awstralia. Darllen o.'

'Beth, nawr?'

'Na, pan wyt ti'n glyd yn dy wely. Ffuglen ydy o, dwi'n gwybod, ond os ydy o'n agos at y gwirionedd, wyddon ni ddim chwarter o'r hyn sy'n digwydd o dan ein trwynau ni yn enw parchusrwydd. Dihirod bach rydw i wedi'u dal ar hyd fy ngyrfa. Ro'n i'n eu dal nhw am eu bod nhw'n fach. Mae'r dihirod mawr bob amser yn cadw eu rhyddid, eu heinioes a'u parch. Mi oeddwn i'n meddwl dy fod di a Stanley'n mynd i newid pethe.'

'Ond fydde hwn ddim yn dystiolaeth o ddim byd,' meddai Price, yn ceisio ymateb rywsut i'r brathiad yn y sylw olaf.

'Na fase, ond mi fase hwn,' meddai Arthur, a gosod cerdyn bach plastig nemor mwy na gewin ei fys bach yn eithaf theatrig ger bron Price. 'Ti'n gwybod be ydy hwn? Cerdyn SD. Mae'n storio lluniau a sain ar ffôn symudol.'

'Ody,' meddai Price yn araf, yn ceisio peidio ag ymddangos yn rhy nawddoglyd.

'Gwranda ar be sy arno fo. Dyna be recordiais i pan es i i ginio efo'r pen bandit ei hun, Gruffudd ap Brân, llynedd. Mi fasech chi, fois yr SOU, wedi bod yn browd ohona i.'

'Fe wna i,' meddai Price yn llyweth. Safai Arthur yn pwyso yn erbyn y wal, a'i ben wedi gostwng. Edrychai'n eithaf trist yn ei byjamas a'i slipars. Edrychodd Price arno. Nid oedd dim i'w ddweud.

'Ti'n gwybod be sy'n mynd i ddigwydd rŵan, on'd wyt?' meddai Arthur o'r diwedd, yn dal i edrych ar y llawr.

'Beth?'

'Unwaith fyddwch chi wedi mynd, mi fydd y shenanigans i gyd yn dechrau eto. Mi fyddwch chi'n colli'r palafar i gyd, beth bynnag fydd o.'

'Os daw e,' meddai Price, yn ceisio bod yn rhywfaint o gysur. 'Galla i neud un peth bach i chi,' ychwanegodd wedyn.

'A be ydy hwnnw?'

'O's 'da chi laptop?'

'Oes. Mi ges i'r hen un o'r gwaith. Roedden nhw'n ypgredio, felly mi ges i hwn.' Amneidiodd at liniadur oedd ar ddesg yng nghornel bellaf ystafell fyw'r garafán.

'Odych chi ar y we?'

'Ydw.'

'Cyswllt itha cyflym?'

'Mae o'n ocê.'

'Ga i fynd arno fe?'

'Cer di. Dwi'n trio osgoi'r blydi peth os medra i. Tsiecio e-bost, prynu ambell beth a dyna ni.'

'Chi *yn* defnyddio'r peth, 'te?'

'Dwi ddim mor ddi-glem â ti'n feddwl. Mae dewis gwneud a gorfod gwneud yn ddau beth gwahanol, ti'n gwybod.'

Taniodd Price y peiriant a chysylltu'n eithaf rhwydd â'r we. Teipiodd rywbeth i'r bar chwilio. Pwysodd yn ôl yn y gadair ac aros. Fesul llun, daeth golygfeydd byw du a gwyn o'r Berig i'r golwg. 'Os clicwch chi ar un, bydd e'n chwyddo,' meddai'n orchestgar. Cliciodd ar lun, ac roedd y cei i'w weld yn eglur, a rhywun yn cerdded yn hamddenol ar y prom. Cadwodd y ddolen yn 'Bookmarks'. 'Efallai bydd 'da chi fwy o ddiddordeb yn yr un 'ma,' meddai, a rhoi cyfeiriad arall yn y bar ar ben y sgrin. Daeth y lôn at dŷ Branwen i'r golwg. 'Ni biau'r camera yma, ond Gruffudd biau'r lleill. Rhyw fynd i mewn trwy'r drws cefn i sbecian wnaethon ni.'

'Be? Ti'n gadael hyn i mi?'

'Os chi moyn e. Fydden i ddim yn gweud wrth neb, cofiwch. Ma'r ddolen yn aros, rhag ofn byddwn ni isie dod 'nôl ati. O, gallwch chi recordo fan hyn,' meddai

Price, gan gyfeirio at fotwm oedd wedi ei agor ar waelod y sgrin.

'O, diolch. Diolch yn fawr iawn. Dyma fi'n cael sbec ar ddydd y Farn, ac yn gallu ei recordio fo ar gyfer tragwyddoldeb. Grêt! Blydi grêt! Diolch!'

'Y gore alla i neud, sori.'

'Cer â dy SOU neu beth bynnag ydy o, a stwffiwch o i dwll eich tinau.'

'Chi moyn i fi fynd, Syr?'

'I'r cythrel,' meddai Arthur â gwên ryfedd. Nid hawdd oedd i Price ddeall y wên, a chododd i ymadael.

'Paid anghofio'r rhain,' meddai Arthur, gan dacluso'r lluniau a theipysgrif Ezra Lake yn ôl i'r amlenni. 'Na hwn,' a gollyngodd y cerdyn bychan i un o'r amlenni hefyd.

Rhoddodd Price yr amlen o dan ei gesail a throi am y drws.

'Cofia fi at dy fam. Y bîff Stroganoff gorau ges i erioed, dwed wrthi,' meddai Arthur.

'*Bourguignon*, Syr. *Bourguignon*.'

'Ia, hwnnw.'

'O, gyda llaw. Ma cyswllt 'da ni. Os daw rhywbeth o ddiddordeb, fe roia i wybod i chi.'

'Pwy?'

'Alla i ddim gweud.'

'Grêt,' meddai Arthur, a chau'r drws yn glep cyn i ddwy fenyw oedd yn byw yn agos ddod heibio a'i weld yn ei byjamas, a hithau bron yn ganol dydd. Pwysodd yn ôl yn erbyn y drws i feddwl.

Ni fu'n pendroni'n hir. Cododd ei ffôn a chwilio am enw Branwen i anfon neges ati. Roedd yn dal i gofio'i hamserlen yn ei chanolfan arddio.

Ti yn y Gerddi fory? Cwrdd i ginio yn y caffi 12.30? A

Oedodd i feddwl a ddylai wasgu'r 'x' ond ni wnaeth. Hyderai y byddai'r wyliadwriaeth y soniodd Stanley amdani'n effeithiol cyn hynny.

Daeth neges yn ôl bron yn syth.

Iawn. B

Nid oedd 'x' yn yr ateb chwaith, meddyliodd, ond roedd derbyn ateb yn ddigon ynddo'i hun.

Pennod 11

Roedd wedi ymarfer dweud y geiriau lawer gwaith yn ei feddwl, ac ni wyddai pa rai i'w dewis o hyd. Gwelodd gar Branwen yn y maes parcio. Roedd e ychydig yn gynnar.

'O,' meddai Margaret yr ochr arall i'r cownter wrth godi ei golygon a gweld Arthur o'i blaen. 'Ym …'

'Te plis,' meddai Arthur i geisio ei hachub o'i hembaras.

'Iawn, fydda i 'da chi yn y funed,' meddai, a sgrialu tua'r cefn i rywle.

Prin oedd y cwsmeriaid yn y ganolfan a'r caffi, er bod bwrlwm gwerthiant y gwanwyn wedi dechrau. 'Y dyn 'na,' sibrydodd dros y ffôn. 'Ma fe wedi dod 'ma.' Bu ysbaid o dawelwch. 'Te o'ch chi moyn, ontife?' meddai hi wrth Arthur ar ôl dychwelyd.

'Ia, a *baguette* hefyd. Ond ddim eto. Dwi'n aros am rywun.'

'O,' meddai hi.

'Ydy'r bòs o gwmpas?' holodd Arthur yn ddiniwed.

'Ma hi ar 'i ffordd 'ma,' meddai. 'Fi'n meddwl,' ychwanegodd yn frysiog. 'Chi'n gyn …' meddai a'i rhwystro'i hun rhag gorffen.

'Ti'n gynnar,' daeth llais Branwen o'r tu ôl iddo. 'Wyt ti am eistedd neu jest galw heibio wyt ti?' meddai hi'n gellweirus, a'i hebrwng tuag un o'r byrddau yn un o'r cilfachau bwyta. Roedd hi mor ddeheuig ag erioed am ysgafnhau pob sefyllfa.

'Ti'n well?' holodd hi.

'Eitha. Be amdanat ti?' holodd Arthur.

'Eitha,' meddai hithau.

'Dy dad?'

'Ddim yn dda, a ddim yn gwella chwaith,' ymatebodd hithau. 'Roedd hi'n sioc clywed wrthot ti,' ychwanegodd, yn amlwg eisiau troi trywydd y sgwrs.

'Oedd, am wn i.'

'Gweld colled ar fy ôl i wnest ti, ife?'

'Ia, am wn i.'

'Ti'n dal yn rêl romantic, on'd wyt?'

'Ydw, am wn i,' meddai Arthur â hanner gwên.

'Ti'n edrych yn well, ta beth, a paid â dweud "ydw, am wn i".'

Roedd calon Arthur yn curo er gwaethaf ei ymatebion coeglyd. Roedd bod gyda hi'n wefr. 'Faswn i'n dda i ddim byd ar gyfer beth roedden ni'n arfer ei wneud ar brynhawn dydd Mawrth ar hyn o bryd,' meddai.

'Fe allen ni weithio ar bethau,' meddai hi, mor uniongyrchol ag erioed. 'Wyt ti ddim yn meddwl bod siawns i ni gerdded law yn llaw tua'r machlud, 'te?'

'Wel, byddai'n rhaid rhoi ystyriaeth ddofn i'r mater,' meddai Arthur, yn ceisio cynnig ymateb oedd yn ddigon annelwig i beidio â'i phechu. Byddai wedi rhoi popeth er mwyn cerdded tua'r machlud gyda hon, ond roedd yr hyn a wyddai am ei llinach yn ei rwystro.

'Dwi'n dal ddim yn deall pam lai,' meddai hi.

Cyrhaeddodd te Arthur i'w achub. '*Baguette* ham a salad?' meddai Margaret.

'Sut oeddech chi'n gwybod?' holodd Arthur.

''Na beth gethoch chi tro dwetha o'ch chi 'ma,' meddai hi'n awgrymog. 'Yr un peth i chi, Branwen?'

'Ie, diolch,' meddai Branwen yn bendant, er mwyn i

Margaret hel ei thraed â'u harcheb. 'Mae radar Margaret yn hynod o sensitif, ond mae hi'n gallu bod yn Radio Berig hefyd,' meddai wrth Arthur ar ôl iddi fynd. Roedd y foment o densiwn wedi pasio am y tro. 'Hebddi hi, fyddwn i'n cael clywed dim o glecs y fro. Mae pawb yn meddwl amdana i fel rhyw dywysoges rownd y lle, pan dydw i ddim. Mae hi'n hidlo'r wybodaeth mae hi'n ei rhoi i fi, cofia.'

Roedd unrhyw eiriau a baratôdd Arthur wedi mynd yn angof bellach.

'Reit, Mr Goss, pam wyt ti yma?' meddai hi wedyn.

'Gofal?' cynigiodd Arthur.

'O, dere mlaen, Mr Annelwig.'

'Reit,' meddai, yn ceisio adfer rhai o'r geiriau a baratôdd yn ei ben ar y ffordd. 'Dwi jest am i ti gymryd gofal.'

'Gofal. Pam?'

'Wedi clywed ar y gwynt ydw i.'

'Wedi clywed beth?'

'Bod y teulu ap Brân wedi pechu yn erbyn lot o bobl dros y blynyddoedd.'

'Wel, ti'n gwybod beth maen nhw'n ddweud am omlet ac wyau.'

'Dwi'n sôn am y busnes yna efo'r cyffuriau yn y Berig llynedd. Mae rhai pobl gas iawn yn y byd 'ma, ac maen nhw wedi ypsetio braidd.'

'Ddim ni ypsetodd nhw. Yr heddlu wnaeth y dal.'

'Ond chi osododd y rhwyd.'

'Doedd gyda fi ddim byd i'w wneud â hynny. Fe dreulion ni lot o'n hamser gorau ni yn y gwely tra oedd hyn i gyd yn digwydd, a tithe ar dy "wyliau pysgota". A ta beth, mae Carwyn wedi cynyddu lefel y diogelwch.

Mae camerâu ym mhob man. Mae digon o fois praff 'da ni hefyd.'

'Wn i, dwi'n poeni'r un dam am y teulu a'r dre. Amdanat ti dwi'n poeni. Oes camera ar y tŷ?'

'Roedd Gerwyn moyn rhoi un. Fe wrthodes i. Cwpwl o oleuadau sy'n ymateb i symudiadau, iawn, ond camerâu, na.'

'I rest my case,' meddai Arthur.

'Paid siarad shwt ddwli. Ti'n codi bwganod. Y Berig yw'r lle mwya diogel yn y byd. Mae Nhad a'r bois diogelwch yn cadw llygad barcud ar bopeth. Does gyda Nhad ddim arall i'w wneud yn y gadair olwyn 'na. Ti ddim yn colli'r marblis 'na ar ôl bod yn yr ysbyty cyhyd, wyt ti? Shwt wyt ti'n gwybod, ta beth?'

'Dwi jest yn gwybod.'

'I rest my case,' meddai hi i'w ddynwared. 'Yr hen gynneddf ditectif yna'n gweithio goramser eto,' meddai wedyn yn ddilornus.

'Paid â bod mor blydi siŵr,' meddai Goss, yn dechrau mynd yn brin ei wynt.

Newidiodd agwedd Branwen. 'Ti'n dechrau colli dy limpin 'da fi?'

'Damia, trio dy helpu di ydw i, ddynes,' meddai Arthur a brathu ei dafod, ond roedd y 'ddynes' wedi llithro o'i wefusau, a doedd dim modd ei dynnu'n ôl.

'Ti'n dechrau mynd yn dipyn o control freak, fel Gerwyn?'

'Beth os ydw i?' meddai, a tharo'i ddwrn ar y bwrdd. 'Jest gwranda, wnei di? Gwna'n siŵr bod y wadin sy rownd pawb arall wedi'i lapio amdanat tithe hefyd, iawn?'

'Ar y tu fas ydw i, a fan 'na fydda i. Ydw, dwi'n rhan

o'r busnes, a busnes da yw e hefyd, ond pan dwi gartre, Branwen ydw i. Mae 'da fi nyth i fi ac i'r bechgyn. Dim ond ti sy wedi cael dod i mewn i'r nyth o'r tu fas. Tasen i wedi cael cyfle i ddadlau â dy benderfyniad i gwpla pethe, mi faset ti wedi gallu aros yn y nyth hefyd. Ond na, mae rhywbeth yn dy gorddi di, rhywbeth sai'n ei ddeall a dwi ddim am ei ddeall. Wyt *ti'n* deall?'

'Ydw, ydw, damia!' meddai Arthur. Ni ddeallai hi arwyddocâd ei ymateb. Roedd e'n gwybod gormod, ac ni allai ddweud wrthi, a'r wybodaeth hon oedd yn dod rhwng y ddau.

Cododd a rhythu arni, a'i wynt yn ei ddwrn. Roedd y pwmp yn y car. Nid oedd mwy i'w ddweud. Gadawodd.

Arhosodd Branwen yn hir wrth y bwrdd. Ni ddychwelodd Arthur i orffen y *baguette*, a daeth Margaret i glirio'r platiau. Dewisodd ddweud dim pan welodd wyneb ei chyflogwr. Doedd y cyfarfod ddim wedi mynd yn ôl y cynllun, yn amlwg.

I guddfan y garafán yr aeth Arthur i hel meddyliau.

Oriau cythryblus gafodd Arthur y noson honno, yn straffaglu â'r cyfrifiadur ac yn diawlio. Roedd e wedi llosgi pob cwch yn ôl at Branwen. Nid ei fod wedi bwriadu dechrau rhwyfo un, ond roedd gwybod y byddai croeso iddo petai'n digwydd glanio yn gysur. Nid oedd mor siŵr bellach, a gallai deimlo'r hen dywyllwch yn dychwelyd. Roedd wedi trin troseddau di-rif ar hyd ei fywyd, ond hwn oedd y tro cyntaf iddo'i weld ei hun fel cymeriad yn y ddrama. Roedd y dramâu troseddol a wyliodd yn ei waith wedi dod ag ing a phoen i lawer, ond roedd yr ing a'r boen hyd braich bob tro, a doedd y profiad hwn ddim yn un da. Roedd llygaid oeraidd Loughlin wedi eu serio ar ei gof, yn ei fygwth e. Roedd hanner gwên y llofrudd yn ei herio ef yn bersonol.

Tua un ar ddeg y nos oedd hi pan roddodd Arthur y gorau i sbecian i bob twll a chornel o'r Berig ar ei gyfrifiadur. Bob hyn a hyn, cliciai ar y ddolen oedd yn dangos y llun o dŷ Branwen, a ddôi o gamera bychan a osodwyd gan Stanley a'i griw mewn coeden oedd yn agos at y llwybr at y tŷ, a brigyn yn chwythu dros y sgrin yn ysbeidiol. Teimlai braidd yn euog wrth wneud hyn. Gallai graffu drwy'r camera hwn a chlosio ati. Roedd am ei chyffwrdd, ei chofleidio fel y gwnaeth unwaith. Gwyliodd hi'n bwydo'r ceffylau ac yn cadw'r car ac o hirbell yn y llwydwyll, gwyliodd hi'n noswylio. Yn unigedd y cwm, ni chaeodd y llenni. Gwelodd hi'n diosg ei dillad ac yn sefyll yn harddwch ei noethni yn yr ystafell wely y bu ef yn ei rhannu â hi un tro. Sut y gallai fod wedi gwrthod hon, meddyliodd, ond ei gwrthod a wnaeth. Gwyliodd hi'n gwisgo ei gŵn nos a throi i edrych drwy'r ffenest i'w gyfeiriad. Arhosodd hi yno'n hir yn edrych i'r tywyllwch. Craffodd ar y sgrin i geisio gweld ei hwyneb. Oedd tristwch yn ei llygaid? Amhosibl dweud. Aeth hi o'r golwg. Gwyliodd oleuadau ei bwthyn yn y llecyn delfrydol ger yr afon yn diffodd bob yn un. Roedd llifolau'n dod â llewych i'r bwthyn ac yn creu ynys o oleuni yng nghanol y tywyllwch. Roedd Gerwyn wedi mynnu hynny er mwyn ei diogelwch. Ni châi hi fyth wybod ei fod wedi bod yn sbecian arni heno, meddyliodd. Ni fyddai maddeuant.

Doedd gwylio gweddill lluniau nos Fawrth yn y Berig mo'r gwylio mwyaf diddorol erioed. Dim syndod bod Stanley a'i griw wedi hen ddiflasu, meddyliodd. Roedd lluniau o bob stryd ac o lan y môr. Roedd llun o dop y clogwyn, o'r eglwys ac o'r promenâd a'r maes parcio, ac o bob stryd a'r ffordd i mewn i'r dref fechan ddelfrydol. Gwelodd ambell gar yn mynd a dod, yn parcio a'r gyrrwr yn mynd i'w dŷ, a nifer o bobl yn mynd â'u cŵn am dro. Sylwodd nad pawb oedd yn codi'r baw ar ôl ei gi. Trosedd y ganrif, meddyliodd, ac ystyried a fyddai rhyw gosb gan y brodyr ap Brân am hynny. Tybed a wydden nhw fod Gruffudd yn gwylio pob dim, ac y gallai Arthur rannu'r un golygfeydd. 'Boring, snoring!' meddai'n dawel. Roedd lluniau o'r bar yn nhafarn y Llong yr un mor wefreiddiol. Gornest ddartiau a phedwar yn y gornel yn chwarae dominos. Diflasodd Arthur hefyd.

Agorodd gopi o ffeiliau lluniau'r diweddar Gordon Prendegast a roddodd i Price. Cystal eu bod ganddo ar y cyfrifiadur, gan y credai mai yn angof yr aent yn nwylo'r SOU. Byddent yn casglu llwch ar ddesg Price, yn anghyfleustra a fyddai'n tarfu ar beth bynnag oedd eu tasg gyfredol.

Aeth drwyddynt yn bwyllog. Roedd cannoedd ohonynt. Nid oedd wedi edrych arnynt yn eu crynswth yn iawn. Sylweddolodd iddo ganolbwyntio ar y car y lladdwyd y Gwyddelod ynddo yn Telford, a'r lluniau o'r cyffuriau yn tyfu yn ogofâu'r chwarel, ac esgeuluso'r lleill. Wedi'r cwbl, dyna oedd byrdwn ei ymchwiliad ar y pryd. Bu'r cyfrifiadur ynghau am fisoedd, a fu ganddo ddim rheswm i edrych ar y lluniau. Ni fu'n gyfaill mawr â'r cyfrifiadur erioed beth bynnag.

Roedd y llyfrgellydd o Solihull wedi bod yn ddyfal iawn â'i gamera. Roedd lluniau o gychod a cheir ac adeiladau, rhai pethau oedd o bwys ac eraill ddim. Doedd dim hidlo na didoli wedi bod ganddo – chawsai'r truan ddim cyfle i wneud. Ond y peth a dynnodd sylw

Arthur, o'r newydd y tro hwn, oedd y lluniau niferus o gartref Carwyn.

Ni wyddai Arthur sut y gallodd Prendegast fod yn ddigon llechwraidd i'w tynnu. Roedd sawl un yn amlwg wedi ei dynnu ar frys, a doedd y ffocws ddim yn iawn, ond mewn sawl llun, gwelid dyn ifanc yn cyrraedd ar gefn beic modur yn cario bag beic. Mewn lluniau eraill, roedd yn gadael â'r un bag. Efallai taw dod yno i aros yr oedd, ond roedd un llun cyrraedd ac un llun gadael wedi digwydd ar yr un diwrnod, o fewn oriau i'w gilydd, yn ôl y cod amser oedd ar y ffeil. Diddorol fyddai gwybod beth oedd cynnwys y bag. O droi'n ôl am eiliad at y sgriniau o gamerâu'r dref, sylwodd nad oedd yr un o'r camerâu wedi'i gyfeiro at dŷ Carwyn.

Taniodd cynneddf y ditectif ynddo unwaith eto. Cofiodd y rheswm pam y daeth Prendegast yno yn y lle cyntaf: i chwilio am y sawl a achosodd farwolaeth ei unig ferch. Merlin Dust oedd term y stryd am y cyffur a'i lladdodd hi. Darganfu'r enw wrth ddarllen dogfen Ezra Lake. Cyffur partïo a allai fod yn angeuol os nad oedd y sawl a'i cymerai'n ofalus. Yn amlwg, doedd Rachel Prendegast ddim yn ddigon gofalus, a bu farw yn yr ysbyty. 'Severe dehydration and organ failure as a result of a drug overdose' oedd casgliad y crwner. Prin fyddai'r bobl a allai gynhyrchu'r fath gyffur, ond uwchben siop y fferyllydd, yn sicr, roedd un a fedrai.

Ond oedd e'n codi bwganod, fel y dywedodd Branwen, meddyliodd. Oedd y cyfan yn ei ben? Oedd y llinynnau'n ddigon tyn i achosi pryder? Doedd dim ateb ganddo.

Llwyddodd i beidio ag ymweld â'r oergell, o leiaf. Roedd potel lawn o wisgi ynddi. Bu hi yno ers iddo adael yr ysbyty.

Tua hanner nos oedd hi pan orweddodd yn ôl yn y gadair freichiau ger y tân a chwympo i gysgu. Deffrôdd yn sydyn tua thri o'r gloch a neidio at y cyfrifiadur i edrych ar y llun o fwthyn Branwen. Roedd popeth yn dawel yng ngolau'r lleuad a'r brigyn yn chwifio o flaen y sgrin fel o'r blaen.

Gwisgodd ei byjamas a mynd i'w wely. 'Bwganod, falle wir,' sibrydodd wrth fynd.

Pennod 12

Fore trannoeth, gwyliodd Arthur gar Branwen yn gadael, er na wyddai i ble, a bodlonodd. Gadawodd y lluniau ar y sgrin.

Daeth cnoc ar ei ddrws. Diolchodd ei fod wedi gwisgo'n gynnar. Pan agorodd y drws, gwelodd ddwy fenyw ganol oed, un fawr ac un fach, a gwên wedi ei sodro ar wyneb y ddwy.

'Mrs Roberts odw i, a dyma Mrs Protheroe,' meddai'r un fawr. 'Ni'n byw ar y seit hyn hefyd. Falle'ch bod chi wedi'n gweld ni ambyti'r lle.'

'O, helô,' meddai Arthur mor boléit ag y gallai wrth y ddwy oedd wedi dod i darfu ar ei fore. 'Alla i'ch helpu chi?' Nid oedd am eu gwahodd i mewn.

'Meddwl o'n ni,' meddai'r un fawr wedyn, 'y bydde diddordeb 'da chi ddod ar bwyllgor y seit.'

'O,' meddai Arthur.

'A meddwl hoffech chi ddod i gael coffi 'da ni a gweddill y pwyllgor. Ni'n cwrdd mewn tai gwahanol bob wthnos. Ni yn nhŷ Alice man hyn, nymber 35, wthnos hyn, fory, 'lefn thyrti.'

Roedd realiti bywyd wedi disgyn arno fel tunnell o frics.

'Ar hyn o bryd, ni'n ystyried rhoi un o'r bariers awtomatig 'na lan i ddod mewn,' parhaodd yr un fawr, a'r un fach yn nodio'i chytundeb â phopeth.

'A chamerâu diogelwch,' meddai'r un fach wedyn. 'Bydde'ch gwybodeth *chi*'n bwysig,' meddai, a phwyslais amlwg ar y chi.

Wyddoch chi be fues i'n ei wneud tan yn hwyr neithiwr? Does ganddoch chi ddim syniad. Dim ffycin syniad o gwbl, meddyliodd Arthur. Yn uchel, dywedodd yn gwrtais, 'Wel, mi wna i 'ngorau i ddod, ond mae un neu ddau o bethau eraill ar y gweill gen i ar hyn o bryd.'

'Cofiwch, bydde croeso i chi,' meddai Mrs Roberts. 'Fe fydde rhywun fel chi'n gallu bod o ddylanwad mawr, chi'n gwbod.' Roedd hanes gwaith Arthur yn amlwg wedi dod yn hysbys i bawb.

'Mi fydd yn rhaid i mi weld. Diolch am alw.'

Bodlonodd y ddwy ar hynny a throi i fynd. 'Diolch, Inspector,' meddai Mrs Roberts wrth chwifio'i llaw, ond roedd y drws wedi ei gau.

Diawliodd Arthur fod ei dipyn meudwydod wedi dod i ben, a bod diflastod pur yn ei realiti pitw ei hun wrth iddo sbecian ar realiti pobl eraill, a hwnnw yr un mor bitw.

Hanner awr yn ddiweddarach daeth cnoc arall.

'Be gythrel …?' meddai wrth agor y drws.

'Cau dy ben,' meddai Branwen. 'Tynna dy ddillad a cer i'r gwely 'na. Dwi am weld faint o wellhad sy wedi bod arnot ti.' Rhoddodd glamp o gusan iddo ar ei wefusau. 'Dwi wedi cael llond bola o'r chware ambyti 'ma,' a llusgodd Arthur i gyfeiriad ei ystafell wely.

'Ond …'

'Cau dy ben, wedes i,' meddai hi wrth ddiosg ei dillad a neidio i'r gwely.

'Ti ddim yn un am foreplay,' meddai Arthur.

'Na. Felly be wyt ti am 'i neud?'

'Fy ngorau,' meddai Arthur wrth ddiosg ei ddillad ei hun.

'Fe neith y tro, am wn i,' meddai hi a lapio'i choesau amdano wrth iddo ddod i'r gwely.

Roedd y caru wedi bod yn frysiog ond yn danbaid. Synnodd Arthur at ei allu i ddod i ben â phethau cystal.

'Mi ddudodd y doctor y dylwn i wneud hyn fel therapi,' meddai Arthur wedyn. 'Do'n i ddim yn meddwl y dôi'r cyfle mor sydyn.' Ciciodd Branwen ef yn gellweirus a chlosio ato. Ni ddywedodd ddim, ond cydiodd ynddo'n dynn. Ni allai Arthur weld y deigryn yn ei llygad.

'Mae bod hebddot ti wedi bod fel dal fy ngwynt ers misoedd,' meddai hi'n sydyn. 'Mae heddiw wedi gadael i fi anadlu eto.' Trodd yntau i'w hwynebu a rhoddodd ei bys dros ei wefusau.

'Na, dim siarad,' meddai. Ufuddhaodd Arthur. Cododd hithau. Gwisgodd amdani, ac Arthur yn rhyfeddu at berffeithrwydd pob modfedd o'i chorff. Ni siaradodd ef ac ni ddywedodd hi air wrth ysgwyd ei gwallt coch o flaen y drych a chymoni ei dillad i wynebu'r byd unwaith eto. Cusanodd ei foch cyn ymadael.

Wrth iddi fynd am y drws y cofiodd Arthur fod y cyfrifiadur yn fyw o hyd, a llun o'i chartref hi arno, a'r brigyn yn cyhwfan dros y lens o hyd. Suddodd ei ysbryd a daliodd ei wynt. Oedd eu caru wedi para'n ddigon hir i'r peiriant fynd i gysgu'n awtomatig?

Oedd. Diolch byth. Anadlodd Arthur mewn rhyddhad, ac eistedd yn ei wely'n rhyfeddu ac yn ceisio dirnad y cyfan. Digwyddodd, darfu, megis seren wib, meddyliodd. Cafodd awydd gwirion i redeg i ddweud yr hanes wrth Mrs Roberts a Mrs Protheroe. Byddai wedi bod yn sioc i'r ddwy, ond siawns na fuasen nhw'n credu'r un gair.

Gwyliodd dau ddyn mewn BMW hi'n gadael.

Taniodd y gyrrwr y peiriant a dilyn Mercedes Branwen o'r maes carafannau ar hyd stryd fawr y Rhewl.

Roedd Anest wedi codi Gruffudd i eistedd yn y gadair.

'Iawn fan 'na?' gofynnodd. Nodiodd yntau.

Roedd ei feddwl ymhell a'i anadl yn drwm. Wythnosau'n unig o hoedl y barnwyd y byddai ganddo. Roedd ei olwg yn cadarnhau hynny, ond mynnai gael ei adroddiad dyddiol gan ei feibion o hyd. Nid oedd angen y mwgwd ocsigen arno heddiw. Doedd dim cwmwl uwchben y môr, ac roedd yr aer yn sych. Gallai weld ambell gwch modur yn cludo ymwelwyr ar wibdaith i'r ynys. Dim ond cychod modur oedd i'w gweld. Dim digon o wynt heddiw ar gyfer hwyliau, tybiodd. Gallai weld rhai o'r coed yn dechrau deilio drwy'r ffenest. Doedd y deri na'r ynn ddim wedi dod i'w dail eto. Ni wyddai a gâi weld hynny.

'Shwt y'ch chi heddi?' holodd llais Carwyn. Cododd Gruffudd ei fawd arno. 'Mae Gerwyn ar 'i ffordd. Mae'n dda'ch gweld chi yn y gader, Nhad.' Gwenodd Gruffudd ar ei fab.

'Does dim llawer i'w adrodd heno. Popeth yn treiglo mlaen, ymwelwyr yn dychwelyd,' meddai Carwyn, wrth osod ei luniadur ar y gwely.

'Gwanwyn a ddaw,' meddai Gruffudd yn floesg.

'Un broblem fach,' meddai Carwyn yn ddigon ysgafn. 'Mae'n hannwyl Brif Gwnstabl yn ymddeol. I'r fila yn Sbaen. Syndod! Bydd rhaid cael un arall. Peidiwch poeni, fe gawn ni un addas, er bod y Comisiynydd newydd hyn am droi'r drol rywfaint a gwneud enw iddo'i hunan. Ond fe ddewn ni i ben â phethau. Ydy'r llun yn eglur ar y sgriniau 'ma?' holodd wedyn.

'Ydy.'

Daeth Gerwyn i'r ystafell yn ei lifrai gwaith. 'Sori bo' fi heb newid. Ordor fawr. Pawb moyn ein cig ni, Nhad.' Roedd tôn eu lleisiau'n addas ar gyfer ymweliad â chlaf. Nid oedd neb am achosi unrhyw boen meddwl iddo. Dylai gael mynd heb boeni os nad yn ddi-boen. Dylai feddwl bod yr ardd yn ffynnu.

Tynnodd y ddau gadair i eistedd o flaen cadair olwyn eu tad. Dechreuodd Carwyn.

'Reit, i ddechre mae'r maes parcio'n gweithio'n iawn, ac mae'r broblem fach 'da'r gât wedi'i datrys.'

Cododd Gruffudd ei law i ddal ei sylw.

'Beth sy'n bod, Nhad?'

'Hwn,' atebodd Gruffudd, wrth ymbalfalu ym mhoced ei ŵn llofft.

Roedd y rhan fwyaf o'r post yn mynd i'r swyddfa neu i fflat Carwyn bellach. Prin oedd y llythyrau a ddôi i dŷ Gruffudd ei hun, a mynnai Gruffudd fod Anest yn eu hagor iddo. Cymerodd Carwyn y llythyr o'i law a'i ddarllen.

> *King of your castle?*
> *Coming to get you.*
> *An eye for an eye,*
> *A tooth for a tooth.*
> *You have the soldiers. We have a surprise!*
> *Don't know where, don't know when.*

meddai'r nodyn mewn print cyfrifiadurol cyffredin. Nid oedd nac enw na llofnod arno.

'Ydy'r amlen 'da chi?' holodd Carwyn wrth basio'r darn papur i Gerwyn. Aeth Gruffudd yn ôl i'r un boced ac estyn yr amlen i Carwyn. 'Marc post Aber, ddoe. Y gair PERSONAL arni. Stamp dosbarth cyntaf. Amlen o ansawdd da. Sillafu cywir, bron yn farddonol. Diwylliedig,' meddai Carwyn. 'Ni'n gwybod rhywbeth arall hefyd.'

'Beth?' holodd Gerwyn.

'Ma pwy bynnag yw e wedi bod yn ein gwylio ni.'

'Loughlin,' meddai Gruffudd, yn codi'i ben ac yn ei ostwng eto.

'Loughlin?' holodd Carwyn, yn taflu golwg sydyn at ei frawd. 'Ma fe'n hen hanes, on'd yw e?'

'Ie,' meddai Gruffudd yn chwyrn. 'Dwi'n ei nabod e. Loughlin yw hwn.' Daeth pwl o beswch drosto ac ymbalfalodd am y mwgwd ocsigen. Roedd ei wyneb yn cochi.

Daeth Anest i mewn. Gwyddai'r ddau frawd mai gadael fyddai orau. 'Fe fyddwn ni draw fory,' meddai Carwyn.

'Fi wedi gweud dim ecseitment, on'd do fe, a beth chi'n neud ond ei ecseito fe,' meddai hi, braidd yn ddiamynedd. 'Ewch chi. Fydd e'n iawn,' a throdd y ddau am y drws, wrth i Anest osod y mwgwd ocsigen ar wyneb Gruffudd.

Tynnodd Gruffudd y mwgwd yn sydyn. 'Cymerwch ofal,' chwyrnodd.

'Fe wnewn ni, Nhad, peidiwch â phoeni,' meddai Carwyn yn gysurlon. 'Mae popeth dan reolaeth. Trystwch ni. Chi'n gwybod gallwn ni ddod i ben â phethe, ac fe wnewn ni'r tro hwn hefyd,' meddai wedyn, yn dawel a phwyllog.

Daeth ei eiriau â gosteg i Gruffudd, a dychwelodd Anest y mwgwd i'w wyneb. Ni welodd ac ni chlywodd y ddau frawd e'n sibrwd y geiriau 'cawn weld, cawn weld wir', cyn cau ei lygaid i ddrachtio o'r nwy gwarcheidiol.

Yn y cyntedd y tu hwnt i glyw Gruffudd y siaradodd y ddau.

'Ma fe'n gwbod am y ddau hit man 'na, sbo,' meddai Gerwyn ac elfen wyllt yn ei lais, y bygythiad yn y llythyr yn amlwg wedi e gythruddo.

'Dim peryg,' meddai Carwyn yn dawel, wrth weld y gwylltineb yn cronni yng ngwep ei frawd.

'Shwt ma fe'n gwbod taw Loughlin halodd y llythyr?'

'Mae e'n gwybod lot mwy na mae e'n 'i ddweud, ond fydde fe ddim yn gwybod am y ddau 'na, oni bai bod rhywun wedi lapan. Mae e'n gwybod taw Loughlin oedd y tu ôl i'r *heist* yn Telford, ac ma'r gair wedi mynd ar led taw ni laddodd ei filwyr e.'

''Sdim prawf o hynny.'

'Nac oes, ond 'sdim angen prawf ar Loughlin.'

'Pam anfon y llythyr, 'te?'

'I achosi panic. So beth dy'n ni ddim am ei wneud yw panico. Ma popeth yn y Berig yn dynn, on'd yw e?'

'Ody.'

'Os bydd angen dy sgilie di, Iori a'r Chwiorydd, ma'n nhw ar gael. Cofia, frawd, ni'n gryfach na fe, ni'n fwy clyfar na fe, ac mae e'n gwybod y gallwn ni fod yr un mor gas ag e hefyd. Fel ma'r hen ddyn yn gweud, ddylen ni ddim wylo dros yr hyn sydd raid. Popeth yn bwyllog, yn gymesur. Iawn?'

'Iawn,' atebodd Gerwyn, yn tawelu wrth glywed geiriau ei frawd.

'I'r gad, 'te.'

'I'r gad,' atebodd Gerwyn cyn gadael. 'Well i fi gael gair â'r Chwiorydd.'

'Falle wir,' meddai Carwyn. 'Gwna di beth sydd raid.'

'Rhowch y dabled hon o dan eich tafod,' meddai Anest wrth Gruffudd. Ufuddhaodd yntau.

'Ydy Branwen ar ei ffordd yma?' holodd, a'r dabled yn llithro o'i wefusau. Cododd Anest hi o'i gôl a'i dychwelyd i'w phriod le.

'Fe fydd hi yma'n hwyrach, fel arfer, ond cadwch y dabled fan 'na,' meddai hi'n llym.

*   *   *

Ar brynhawn dydd Mawrth y byddai Derec yn galw i weld Carwyn. Roedd yno yn aros yn amyneddgar amdano pan ddychwelodd o dŷ Gruffudd. Datgysylltodd y bag oddi ar ei feic modur pan welodd gar Carwyn yn dynesu. Roedd ambell un wedi sylwi ar yr ymweliad rheolaidd, er nad oedd neb am gynnig unrhyw reswm drosto. Fin nos y byddai'n gadael fel arfer. Gadawodd tua'r un adeg ar y diwrnod hwn yn ei helmed a'i lifrai lledr, ar ei ffordd yn ôl i Abertawe.

Darganfuwyd ei gorff mewn cilfan nid nepell o Gaerfyrddin a'i ben heb ei helmed yn pwyntio i gyfeiriad hollol annaturiol, gan adael rhyw wên dwp wedi ei rhewi ar ei wyneb. Roedd injan y beic yn dal i redeg. Cwpwl o Northampton oedd wedi dod oddi ar y fferi o Iwerddon ddaeth o hyd iddo, a hysbysu'r heddlu. Fydden nhw ddim wedi aros oni bai bod tai bach yn y gilfan.

Heidiodd yr heddlu yno ynghyd ag ambiwlans.

Stopio i fynd i'r tai bach hynny wnaeth e yn eu barn

nhw, a dioddef lladrad arbennig o gas, gan fod un o'r ddau flwch cludo dros olwyn ôl y beic ar goll. Roedd y llall yn wag. Daeth datganiad gan yr heddlu ar y bwletin newyddion wyth o'r gloch, yn dweud bod y digwyddiad yn ddirgelwch mawr ac yn gofyn am wybodaeth gan unrhyw un oedd yn teithio ar y ffordd honno rhwng saith a hanner awr wedi saith.

*   *   *

Y noson honno, canodd ffôn Arthur.

'Branwen sy 'ma.'

'O, helô,' meddai Arthur.

'Mae Nhad moyn gair,' daeth ei llais, mor ddiffwdan ag erioed.

'Pryd?'

'Ydy hanner awr wedi saith fory'n iawn? Yn y tŷ.'

'Ym ...'

''Sdim byd arall 'da ti i'w wneud, oes e?'

'Wel ...'

''Na fe, 'te,' meddai hi. 'Fe gwrdda i â ti wrth y gât. Sai'n gwybod beth ma fe moyn, ond dere. 'Sdim lot o amser 'da fe, sai'n credu. Iawn?'

'Iawn, ond be ...' meddai Arthur, ond roedd y ffôn eisoes yn farw.

Pennod 13

Nos Fercher am 7.30 yn brydlon, cyrhaeddodd Arthur gât drydan y lôn a arweiniai at dŷ Gruffudd. Roedd Branwen yno'n aros amdano. Doedd hi ddim yn dywyll eto, ond ni allai weld y dyn a'i sbienddrych a'i gwyliai o feranda'r tŷ, na'r ddau arall oedd yn eistedd yn y beudy gerllaw. Cymerodd ddracht o'i bwmp.

Daeth Branwen ato. 'Barod?' holodd hi.

'Barod am be?'

'Wn i ddim, ond mae rhywbeth ar droed. Paid â disgwyl y dyn welest ti o'r blaen. Mae Nhad wedi newid cryn dipyn. Fe gei di sioc.'

'O.' Barnodd mai tewi oedd orau. Hebryngodd hithau ef trwy'r drws.

'Popeth yn iawn, Ciron,' meddai hi wrth y dyn a giliodd o'r neilltu wrth iddyn nhw ddynesu. 'Mae tipyn o baranoia rownd ffordd hyn. Efallai fod beth wedest ti'r diwrnod o'r blaen yn agosach at ei le nag oeddwn i'n feddwl, ond *overkill* yw e yn fy marn i. Mae bois diogelwch rownd y lle fel pla. Dwi'n amau eu bod nhw o gwmpas fy nhŷ i hefyd. Mae pwynt yn dod pan fo diogelwch yn effeithio ar ryddid. Dere drwodd,' meddai, a'i dywys i'r ystafell gefn a agorai ar hyfrydwch y bae a welid drwy'r ffenestri llydan.

Roedd cyfarpar meddygol ym mhob man o gwmpas gwely Gruffudd, lle'r eisteddai â gŵn melfed amdano, a'i lygaid yn syllu'n syn. Doedd hwn yn ddim ond cysgod o'r gŵr praff a gwrddodd gyntaf lai na blwyddyn ynghynt.

Roedd ei wallt yn hollol wyn, a'i groen yn welw. Nid oedd mwgwd ocsigen am ei wyneb er bod amryfal boteli wrth law. Roedd y trwyn branaidd yn amlycach nag erioed, gan mor denau oedd ei wyneb. Dyma ddyn oedd yn glynu wrth fywyd â blaenau ei fysedd a'r rheiny'n llacio. Gwelsai Arthur sawl un oedd ar ei wely angau, ac roedd pob un syllu; yn syllu ar ddim yn benodol, dim ond syllu. Felly'r oedd e.

'Diolch, Anest,' meddai Branwen. 'Cymerwch hoe,' a chododd y nyrs oedd yn eistedd ger ei wely ac ymadael.

'Ma fe dipyn yn gryfach heddi. Dim angen yr ocsigen,' meddai hi wrth fynd. Dadebrodd Gruffudd wrth glywed llais ei ferch. Roedd bywyd yn ei lygaid unwaith eto. Amneidiodd arni i ddynesu.

'Mae Arthur wedi dod, Nhad. Chi am i fi aros?'

'Na, ferch, siarad dynion yw hwn,' meddai Gruffudd gan wenu'n wybodus at ei ferch.

'Dere 'ma. Eistedd lawr fan hyn,' meddai, yn cyfeirio at gadair ger y gwely. Sylwodd Arthur ar y *dere* yn hytrach na *dewch*.

'Chi wedi bod yn go sâl, glywes i,' meddai Arthur, yn straffaglu i ddod o hyd i rywbeth i'w ddweud i dorri'r tawelwch.

'O ydw, a does dim gwellhad,' meddai Gruffudd. Roedd hynny'n dipyn o fricsen ar yr ymgom.

'O,' meddai Arthur, a phenderfynu mai doeth fyddai gadael i Gruffudd arwain unrhyw sgwrs. Bu tawelwch am ysbaid hir, a Gruffudd yn edrych drwy'r ffenest.

'Buest ti'n dipyn o ddraenen yn ein hystlys i ni yn y Berig,' meddai o'r diwedd, yn parhau i edrych drwy'r ffenest, a llais syndod o glir yn dod o gorff mor fregus.

'Dyna oedd fy ngwaith.'

'Dyna oedd dy natur di, ddim jest dy waith,' meddai Gruffudd, a throi i edrych ar Arthur am eiliad cyn troi'n ôl i edrych drwy'r ffenest eto. 'A dwi'n parchu hynny,' meddai'n fyfyrgar. ''Sdim lot o bobl fel ti. Mae'r rhan fwyaf yn ddigon hapus i adael i bethau i fod, mynd gyda'r llif er mwyn byw bywyd dedwydd, a diolch amdanyn nhw. Fydde creu beth rwy wedi ei greu yn y Berig ddim wedi bod yn bosib hebddyn nhw, ond dwyt ti ddim yn un sy'n dilyn y drefn.'

'Gobeithio ddim,' meddai Arthur.

'Roeddet ti'n fodlon aberthu cariad fy merch er mwyn glynu at egwyddor. Wyddost ti ddim faint o loes achosodd hynny i mi. Gweld yr ing yn ei llygaid bob dydd. Ddywedodd hi erioed ddim byd amdano fe. Mae ysbryd y frân yn gryf ynddi.'

Nid oedd ymateb gan Arthur.

'Roedd yn well gen ti aros y tu allan na dod i mewn i'r castell,' parhaodd Gruffudd. 'Ond weithiau, mae'n rhaid i ddyn gael siarad â rhywun o'r tu allan, rhywun sy'n deall. Mae pobl ar y tu mewn yn rhy agos i rywun fwrw'i berfedd wrthyn nhw.'

Doedd dim ymateb yn bosib eto. Gwyddai Goss mai ei swyddogaeth oedd gwrando.

'Fe ddois i â ti yma'r tro diwethaf i egluro pethau i ti, ac fe wnes i gamgymeriad drwy wneud cynnig i ti. Feddylies i erioed y byddet ti'n ei wrthod. Fe agorais i gil y drws ar gyfoeth na allet ti fyth ei ddirnad, ac yn fwy na hynny, roedd Branwen yn wobr, ond ei gwrthod wnest ti. Rhyw fath o drio unioni pethau ydw i y tro hwn hefyd, ond wnaf i mo'r camgymeriad o gynnig dim. Hen ddyn ar ei ffordd allan sy eisiau cymoni pethau ydw i heddiw,' meddai Gruffudd yn fyfyrgar, â rhyw hanner chwerthiniad.

Roedd y lleuad yn codi dros y gorwel yn y llwydwyll. 'Ti'n gweld y lleuad?' meddai Gruffudd wedyn. 'Mae gwyddonwyr yn dweud y byddai popeth yn mynd ar chwâl hebddi hi. Mae'n cadw cydbwysedd, yn sicrhau bod llanw a thrai, bod y byd yn troi yn gyson, yn sicrhau bod y tymhorau'n digwydd.'

'Peidiwch â dweud taw fi yw'r lleuad.'

'Na, ddim cweit, ond mae'r gyffelybiaeth yn un neis,' meddai Gruffudd. 'Dwyt ti ddim yn gwneud dim byd, ddim yn creu dim byd. Rwyt ti jest yna.'

Doedd Arthur ddim yn siŵr a oedd meddwl Gruffudd mor finiog ag erioed neu a oedd e'n dechrau ffwndro, ond roedd y geiriau 'get to the point' yn mynd drwy ei ben pan ddywedodd Gruffudd, 'Mae pethau wedi dechrau mynd ar chwâl yma. Dydy pethau ddim fel y dylen nhw fod. Mae pethau'n digwydd. Dydy Carwyn na Gerwyn ddim yn dweud wrtha i'n iawn. Ddim eisiau 'mhoeni i. Mae bygythiad i ni, i'r Berig.'

'Loughlin?' holodd Arthur.

Syfrdanwyd Gruffudd. 'Sut oeddet ti'n gwybod amdano fe?' meddai'n floesg, a'i wynt yn byrhau.

'Dwi jest yn gwybod. Rhaid i chi fodloni ar hynny, mae gen i ofn,' meddai Arthur yn bendant. 'Pam na ddwedwch chi wrth yr heddlu?'

'Yr heddlu? Na. Mater personol yn hwn.'

'Dy'ch chi ddim am iddyn nhw fynd i chwilota.'

'Rhywbeth felly,' meddai Gruffudd, a'i flinder yn dechrau dangos.

'Mae terfyn i'r hyn y gallan nhw ei wthio o dan y carped er eich mwyn chi,' meddai Arthur. 'Pam fod dyfodol y Berig yn y fantol?' Parhaodd cyn i Gruffudd ymateb. 'O, wela i,' meddai, a'r cen yn disgyn o'i lygaid. 'Y cyfranddalwyr, y cyfranddalwyr parchus, dyna pam. Os bydd cyhoeddusrwydd anffafriol, mi fydd brand y Berig yn deilchion ac fe dynnan nhw'r plwg ar y llif arian.' Roedd pen Gruffudd yn isel a lludded yn pwyso'n drwm ar bob gewyn, ond aeth yn ei flaen.

'Mae Carwyn a Gerwyn yn gwybod ers misoedd. Doedden nhw ddim yn meddwl y bydden i'n sylwi ar y cynnydd sy wedi bod yn nifer y swyddogion diogelwch. Ond fe wnes.'

''Sdim lot nad ydech chi'n ei weld,' meddai Arthur gan gyfeirio at y sgriniau ger y gwely.

'Roedden nhw'n meddwl bod pethau wedi dechrau tawelu, ond wedyn fe gyrhaeddodd hwn,' ac estynnodd Gruffudd y darn papur a ddangosodd i'w feibion o blith dillad y gwely.

'Loughlin?' meddai Arthur, yn codi ei ben wedi darllen. 'Ie.'

'Daeth hwn bore 'ma hefyd,' meddai Gruffudd wedyn gan gynnig darn arall o bapur iddo. 'Ro'n i'n gwybod neithiwr pan glywais i'r newyddion, ond mae hwn yn dystiolaeth.' Ar y papur roedd llun o Derec yn gelain ger ei feic, a'r geiriau:

Just in case you thought I wasn't serious.

'Cariad Carwyn. Mae pawb yn meddwl na wn i ond rwy'n gwybod yn iawn. Fe fydd hyn yn ei sigo.' Edrychodd Arthur yn hir ar y wên eironig ar wyneb y corff. 'Mae Gerwyn yn potsian 'da rhyw fenyw yn y dref hefyd. Fydden i ddim yn gwybod oni bai 'mod i wedi clywed Anest a

Liz, un o'r nyrsys eraill, yn siarad. Maen nhw'n meddwl bod y tabledi cysgu 'ma'n gweithio. Ond dy'n nhw ddim. Mae'n syndod pa mor gyflym mae sïon yn teithio. Mae'r freuddwyd yn chwalu, yn chwalu oddi mewn.'

'Beth taswn i'n dweud wrth yr heddlu?'

'Wnawn i ddim o hynny. Faint o sylw gaet ti? Mi fyddwn i'n gwadu popeth, a fydda i ddim yma'n hir beth bynnag,' meddai Gruffudd, ac edrych i fyw llygaid Arthur. Roedd y llygaid branaidd yn gallu cyfleu bygythiad o hyd, er gwaethaf ei waeledd. 'Mae gobaith o hyd,' ychwanegodd, 'ddim i mi, ond i'r freuddwyd.'

'Beth ydech chi am i mi ei wneud, 'te?'

'Gofalu am Branwen. Jest addo y gwnei di hynny.'

Ni chafodd Arthur gyfle i ymateb cyn i bwl o beswch ddod dros Gruffudd, a phoen yn amlwg yn ei wyneb. Brysiodd Arthur at y drws i alw am y nyrs. Cyrhaeddodd hithau a Branwen yn ei dilyn.

'Dyna ni, Gruffudd, gwneud gormod. Gormod o ecseitment,' meddai Anest, a thaflu golwg flin ar Arthur. 'Gorweddwch yn ôl. Peidiwch becso. Bydd popeth yn iawn. Tabled dan y tafod,' meddai a gwthio un i'w geg yn ddiseremoni, 'a gwisgwch y mwgwd.'

Edrychodd Gruffudd yn ymbilgar ar Arthur trwy'r cythrwfl. Cododd Arthur ei fawd arno o olwg Branwen. Daeth rhywfaint o esmwythyd i Gruffudd. Ni wyddai Arthur ai ei ystum neu'r dabled a'i hachosodd.

'Mae'n bryd i mi fynd, dwi'n meddwl,' meddai a gadael y ddwy yn ymgeleddu'r hen ddyn.

'Paid â mynd yn bell,' meddai Branwen wrth iddo adael.

'Ocê,' atebodd Arthur. Nid oedd mwy i'w ddweud, a dychwelodd at ei gar. Gwyliodd Ciron ef yn gyrru ar hyd y lôn ac agorwyd y gât ddiogelwch iddo. Roedd meddwl Arthur yn troi.

*   *   *

Roedd hi'n fin nos erbyn i Carwyn agor y llythyr a gyrhaeddodd iddo'n gynharach y bore hwnnw. Roedd y gair PERSONAL ar yr amlen, fel un ei dad. Edrychodd arni'n hir cyn ei rhwygo'n ofalus â chyllell bwrpasol ar ei ddesg. Wedi edrych ar gynnwys yr amlen, aeth y gwynt o'i ysgyfaint a chododd i chwydu yn y sinc. Roedd y llun o Derec wedi cael ei effaith. Nid oedd neges gyda'r llun y tro hwn.

Eisteddodd yn hir a'r llun ar y ddesg o'i flaen, ei wyneb yn hollol ddigyffro a'i olwg at y wal. Ni fu neb arall ym mywyd Carwyn erioed. Bu partneriaid achlysurol yn nyddiau coleg, ond Derec oedd y cyntaf i ennill ei le yn ei galon. Yn ddisymwth, daeth sgrech hir o'i enau. Cododd y llun ac edrych arno fel petai'n ceisio serio'r ddelwedd ar ei ymennydd. Roedd ei anadl yn drwm ond yn raddol, tawelodd. Wedi cyfnod o syllu, cododd a cherdded i'r gegin a'r llun yn ei law. Gwasgodd y llun yn belen a'i roi yn y sinc, tynnu blwch matsys o ddrâr cyfagos, cynnau un a rhoi tân o dan y papur. Gwyliodd y fflamau a'r mwg glas yn codi wedyn. Agorodd y ffenest i awyr y nos ac aeth y mwg yn ufudd drwyddi. Chwistrellodd ddiaroglydd wedyn i waredu oglau'r mwg oedd yn hongian yn awyr y gegin, ac anadlodd yn ddwfn. Ni fu sigo fel y bu i'w dad ddarogan.

*   *   *

Tua'r un adeg, daeth neges i ffôn Arthur â chwibaniad. Diawliodd Arthur, ond roedd y sgrin yn dweud *Price*.

Ein contact wedi mynd oedd yr unig eiriau.

Gwasgodd Arthur y sgrin i alw'r anfonydd.

'Helô, Syr,' daeth llais Price.

'Pwy oedd e?' meddai Arthur.

'Derec.'

'Derec?'

'Ie, Derec, cariad Carwyn. Wedi'i ladd mewn lay-by rhwng Hwlffordd a Chaerfyrddin. Roedd e ar y newyddion neithiwr. Glywsoch chi amdano?'

'Do. Unrhyw syniad pwy laddodd o?' holodd Arthur.

'Ddim ar hyn o bryd.'

'Hwnnw oedd negesydd Carwyn?'

'Ie.'

'Merlin Dust?'

'Shwt o'ch chi'n gwbod?'

'Dyna laddodd Rachel Prendegast,' meddai Arthur. 'Pam na wnaethoch chi rywbeth?'

'Doedd dim byd y gallen ni ei wneud. Mae Merlin Dust yn *high* cyfreithlon. Dehydration, ddim y cyffur, laddodd y ferch. Tase hi wedi yfed digon o ddŵr, fe fydde hi'n fyw heddi.'

'Pam oedd o'n fodlon cario clecs?'

'Bargen. Os oedd e'n ca'l llonydd, roedden ni'n ca'l gwybodaeth.'

'Gawsoch chi rywbeth?'

'Na, ddim lot. Tamed bach fan hyn a fan draw. Fe glywson ni wrtho fe fod sefyllfa ariannol y Berig ddim cystal â'r gred gyffredin. Probleme llif arian.'

'Oedd rhywun arall yn gwybod am hyn?' holodd Arthur.

'Doedd e ddim yn credu 'ny.'

'Ond mi ddaeth rhywun i wybod, yn amlwg. Ble oedd y pres i gyd yn mynd, sgwn i?'

'I goffre Carwyn. Mae seff 'da fe yn y wal, yn llawn arian parod, yn ôl Derec.'

'Chi'n gwybod pwy laddodd e?'

'Ddim i sicrwydd, ar hyn o bryd,' meddai Price. 'Job tu fas yn nhyb yr heddlu lleol. So ni'n ymyrryd eto.'

Pendronodd Arthur am eiliad. Ni soniodd am y llun o'r corff a ddangosodd Gruffudd iddo.

'Bobol bach, ti'n byw mewn rhyw hen fyd dirgel. Petai dy fam yn gwybod ...' meddai Arthur. 'Diolch am fy nghadw i yn y lŵp.'

'Cofiwch, Syr ...'

'Wn i – dim gair.'

''Na ni,' daeth ymateb Price ac aeth y ffôn yn farw.

Pennod 14

Roedd dechrau agor y ganolfan arddio'n hwyrach ar nos Iau a nos Wener wedi bod yn llwyddiannus i Branwen. Gallai orffen ei gwaith yn ei swyddfa gyfreithiol yn y Berig yn gynnar, a threulio noson yn ymdrin â materion llai astrus na'r rhai a ddôi yn sgil ei gwaith cyfreithiol. Ar ôl ymweliad brysiog i weld cyflwr ei thad a newid i ddillad mwy addas, gallai droi at ddyfrio potiau lobelias a begonias yn barod ar gyfer gerddi'r gwanwyn yn y Berig a'r cylch. Roedd digon o gwsmeriaid i mewn i warantu cyflogi'r staff am yr oriau ychwanegol, a chrwydrai drwy'r ganolfan, yn cael cyfle i ymlacio. Roedd y gerddoriaeth gitâr a ddôi'n dawel drwy'r uchelseinyddion yn ychwanegu at naws hamddenol y lle. Gwyddai fod llawer o bobl yn dod yno dim ond i flasu'r hedd a chael *latte* gan Margaret yn y caffi, ond hyderai y byddent wedi eu swyno ddigon i brynu rhywbeth cyn gadael; roedd digon o ddanteithion.

'Chi moyn dishgled o goffi, Branwen?' holodd Margaret o'r tu ôl i'r cownter yn ystod cyfnod tawel yn y caffi.

'Ydw, diolch,' meddai Branwen. 'Dewch â fe i'r swyddfa, wnewch chi?'

'Iawn,' meddai Margaret a throi at y peiriant coffi.

Diflannodd Branwen y tu ôl i'r arddangosfa pacedi hadau am y swyddfa.

Digwydd troi'r sgrin ar ei gyfrifiadur i edrych ar ddigwyddiadau yn y Llong wnaeth Arthur. Roedd yn dal yn rhyfeddod ganddo y gallai sbecian mor hawdd ar fywyd y Berig, er mor anniddorol oedd y rhan fwyaf o'r sbecian hwnnw. Nid oedd sain, ond roedd y llun yn rhyfeddol o dda.

Nid oedd ond dyrnaid o gwsmeriaid yn y dafarn yn gynnar ar nos Iau. Roedd Denzil, dyn eiddil yr olwg o'r swyddfa gyllid, yn ei briod le wrth y bar gyda'i beint yn gorffen ei groesair, roedd dau arall yn gwylio gêm bêl-droed ar y teledu, ac roedd Iori'n syllu drwy'r ffenest ar ddim byd yn arbennig. Roedd cyfarfod dethol o aelodau'r clwb rygbi yn yr ystafell gefn, a Gerwyn oedd y cadeirydd. Nid oeddent wedi dod am eu peint yn y bar eto. Daeth dau ddyn i mewn ac eistedd ar stoliau wrth y bar nid nepell oddi wrth Denzil. Roedd un ohonynt yn edrych fel aelod o'r National Front â'i ben moel a'i gyhyrau amlwg o dan ei grys-T. Roedd y llall yn llai o gorffolaeth, ond yn llawer uwch ei gloch ac yn fwy herfeiddiol ei natur. Roedd y LOVE a'r HATE oedd wedi eu tatŵio ar ei fysedd yn tystio i orffennol lliwgar.

Credai Arthur ei fod yn ei gofio. Roedd yn un o nifer o herwyr arfog, arbennig o gas fu'n dwyn lorïau ryw ddeng mlynedd ynghynt. Bu Arthur yn gyfrwng iddo gael ei ddedfrydu i bymtheng mlynedd o garchar. Synnai o'i weld yn tynnu cymaint o sylw ato'i hun. 'Weasel,' meddai Arthur yn orchestol. 'Allan ar ôl deng mlynedd,' meddai wedyn. 'Mae'n dda dy weld di'n cadw'r ffydd.' Nid adnabu'r llall.

'Shop!' meddai Weasel pan welodd y gwacter y tu ôl i'r bar. 'Any fear a fella can get a feckin pint round here, or is the whole feckin place closed?' meddai mewn acen oedd yn dod o rywle rhwng Lerpwl a Dulyn. Doedd ei agwedd ddim yn argoeli'n dda. Parhau i syllu drwy'r ffenest wnaeth Iori. Cododd y ddau oedd yn gwylio'r teledu a gadael. Roedd awyrgylch fygythiol newydd ddisgyn dros y lle.

Daeth Gari i fyny o'r seler. 'Can I help you, gentlemen?'

'Two pints of lager. None of this Cwrw Cardi shite, mind,' meddai'r dyn llai wedyn. Nid ymatebodd Gari, ac nid oedd dim i ddangos bod y dyn yn codi'i wrychyn. Anaml y câi neb ddilorni Cwrw Cardi, ond penderfynodd mai arllwys y peintiau'n ddiffwdan fyddai ddoethaf, a gallent adael cyn i bwyllgor y clwb rygbi ddod i'r bar wedyn. Nid oedd angen gwasgu'r botwm larwm o dan y cownter eto.

'I'm lookin' for a Mr ap Brân,' meddai Weasel, a chydio yng ngarddwrn Gari wrth iddo osod ei beint ar y bar.

'That's like asking to speak to God around these parts,' ymyrrodd Denzil yn hwyliog, yn codi ei ben o'i groesair ac yn ceisio ysgafnhau pethau ryw ychydig.

Llaciodd y gŵr arddwrn Gari a throi at Denzil. Roedd y crymffast cyhyrog wedi troi ei sylw at y bwrdd dartiau.

'So would *you* have access to God, then?' holodd, gan osod ei wydr peint gwlyb ar ganol croesair Denzil.

'Which Mr ap Brân would you be talking about? There are several,' meddai Denzil, yn codi'r gwydr a'i symud oddi ar ei bapur i'w briod le o flaen Weasel.

'Yous tryin' to be clever?'

'No, just telling you how it is round here.'

'Sure, you're feisty for a little fella, ain't ya?'

'I do my best,' atebodd Denzil a chymryd llwnc o'i beint. 'It's just that my yob is bigger than your yob, I suppose,' meddai gan wenu ar y gŵr, ac amneidio at Iori. Gwenodd Weasel yn ôl, yn ymwybodol iawn o her Denzil.

'Good Welsh hospitality be fucked! So how *do* I get in touch with one of these ap Brân fellas?'

'Well, I think you may well have established a direct line to one of them,' meddai Denzil, yn sylwi ar y sŵn yn codi o'r lolfa a ddynodai fod cyfarfod y clwb rygbi wedi gorffen. Byddent yn dod i'r bar unrhyw funud. Dynesodd y crymffast at ei gydymaith a dod â'i beint at y bar.

Roedd yr awyrgylch fel gwydr brau. Roedd edrychiad ac ystum â'i ben gan Gari i gyfeiriad Gerwyn wedi bod yn ddigon i'w hysbysu nad oedd popeth fel y dylai fod. Roedd Gari eisoes wedi gwasgu'r botwm i'r dynion diogelwch dyrru yno. Yn sicr, roedd trafferth i fod yn y dafarn hon heno, a byddent yno mewn byr o dro.

'Y ddau goc oen hyn sy am ddechre achosi trwbwl,' meddai Gari, gan geisio sicrhau na fyddai unrhyw air Saesneg yn yr hyn a ddywedai y gallai'r dieithryn ei ddeall. ''Sdim byd wedi digwydd 'to, ond ma hwn fan hyn wedi bod yn gofyn am weld un o'r teulu.'

'Always the same, you Welshie bastards, you start talkin' Welsh as soon as we come into the feckin pub,' meddai Weasel.

Closiodd Gerwyn at y dyn. 'Well, my friend, you have a problem with that? I don't think you understand how things work around here,' meddai, wrth roi ei fraich am ei ysgwydd ac edrych yn syth i'w lygaid. Roedd gweddill y pwyllgor rygbi wedi ffurfio cylch o amgylch y ddau erbyn hyn. Roedd rhai o'r Chwiorydd yn eu plith. Roedd y talwrn wedi ei ffurfio a chamodd Iori i'r canol. Edrychodd y crymffast arno. Roedd wyneb Iori mor ddiemosiwn ag erioed.

Cododd y crymffast o'i stôl a chamu at Gerwyn. Sgyrnygodd Iori. 'Don't even think about it,' meddai

Gerwyn wrth Weasel yn dawel, a hyder ym mhob sillaf.

Roedd y larwm wedi canu yn fflat Carwyn hefyd, a chyrhaeddodd hwnnw drwy'r drws yn sydyn, gan dynnu sylw pawb am eiliad. Roedd ei wep yn anarferol o gynhyrfus. Erbyn hyn, roedd Iori wedi camu i'r adwy yn barod i ymrafael os oedd rhaid. Er cymaint oedd y crymffast, roedd Iori'n fwy, ac yn fwy herfeiddiol yr olwg. Sobrodd y crymffast, ond nid eisteddodd yn ôl ar y stôl.

Roedd braich Gerwyn yn dal i fod am ysgwydd Weasel. 'Who the fuck are you, then?' meddai'r dyn gan edrych i wyneb Gerwyn. Gallai'r naill deimlo anadl y llall.

'That's God,' meddai Denzil o'r bar.

'Well have this, God,' meddai'r dyn a thynnu ei ben yn ôl cyn pwnio Gerwyn â'i dalcen yn giaidd ar bont ei drwyn. Cwympodd Gerwyn i'r llawr a gwaed yn llifo o'i ffroenau.

Camodd y crymffast ymlaen, ond wrth iddo wneud, simsanodd a disgyn i'r llawr yn ddiymadferth. Gwelodd Arthur fod Carwyn y tu ôl i'r fan lle disgynnodd y gŵr cyhyrog. Gwelodd hefyd Weasel yn tynnu gwn o'i boced ac yn ei chwifio'n wyllt at bawb.

'What you bastards done to him?' gwaeddodd Weasel. 'Don't think I won't use it.' Roedd y cylch o'i gwmpas wedi fferru, ac nid oedd neb yn amau nad gwir oedd ei eiriau. Nid oedd lle i ddianc. 'Stay where you are, you Welshie twat,' meddai Weasel wrth weld Gerwyn yn ceisio codi ar ei draed. Rhoddodd gic ffiaidd iddo yn ei asennau a chyfeirio'r gwn at ei drwyn.

Roedd hyn yn dipyn mwy cyffrous na'r lluniau a welodd Arthur o'r blaen. Roedd y cyfan yn afreal, fel petai'n gwylio ffilm fud gan Quentin Tarantino.

Sylweddolodd Arthur wrth graffu na allai weld Carwyn mwyach. Nid oedd yn sefyll dros y crymffast. Diawliodd na allai gyfeirio'r camera. Byddai ffilm wedi diwallu'r angen hwnnw.

Roedd Weasel fel petai wedi cael syniad. Edrychodd am y person mwyaf eiddil oedd yno, ac mewn un symudiad gafaelodd yn Denzil a'i fraich am ei wddf, a rhoi'r gwn at ei dalcen. Aeth y stôl yn glep i'r llawr. Roedd wyneb Denzil yn goch ac yn llawn braw.

'Now you, and you,' meddai Weasel, gan gyfeirio at Iori ac un o'r Chwiorydd mwyaf cyhyrog, 'put him in my car,' a phwyntio at ei gydymaith diymadferth. Ni symudodd neb. 'Now!' sgrechiodd Weasel a phlygodd Iori i lusgo'r dihiryn tua'r car. 'One wrong move and this little feller gets it.'

A'i gefn at y bar a Denzil yn darian iddo, gwyliodd Weasel ei gydymaith yn gadael wysg ei ben-ôl yn hollol anymwybodol i gyfeiriad y car oedd wedi ei barcio'r tu allan. Wedyn sleifiodd Weasel wysg ei gefn ar hyd y bar, a Denzil fel doli glwt o'i flaen. Roedd Denzil erbyn hyn yn dechrau tagu. 'Back door. Put him on the back seat,' gwaeddodd. Gwyliodd o'r bar wrth i'r ddau straffaglu i lwytho'r slabyn o ddyn i'r sedd gefn a chau'r drws. Roedd y swyddogion diogelwch yn dechrau cyrraedd o bob cwr.

'You, my boy, are coming for a ride with me,' meddai Weasel wedyn yng nghlust Denzil. Lledodd llygaid Denzil mewn dirfawr ofn wrth sylweddoli mai gwystl fyddai e i sicrhau dihangfa, ac edrychai'n orffwyll ar y criw o'i amgylch gan obeithio y byddai rhywun yn ei achub. Gallai deimlo metal oer y gwn wrth ei dalcen. 'No hanky-panky now,' ychwanegodd Weasel. Ni welodd

Carwyn yn codi o ochr arall y bar y tu ôl iddo a chwistrell yn ei law ac yn ei phlannu yn ei ysgwydd. 'What the f …' meddai a throi i gyfeiriad y boen. Gollyngodd Denzil a chwympodd hwnnw'n swp i'r llawr. Nid oedd yn sicr eto a fyddai dihangfa.

Safodd Weasel am eiliad a'i wn yn pwyntio at Carwyn, ac wrth i ludded ei lethu, taniodd cyn syrthio fel sachaid o datws i'r llawr. Aeth y bwled yn syth drwy Carwyn a malu'r drych y tu ôl iddo'n deilchion. Safodd yno am eiliad a gwên wirion ar ei wyneb cyn i smotyn coch ledaenu dros ei frest, wedyn cwympodd yntau rhwng y gwydrau'r tu ôl i'r bar. Crynodd am ennyd, cyn llonyddu. Safodd pawb yn stond.

Cododd Gerwyn yn llafurus o'r llawr a chropian ar ei liniau at ei frawd oedd mewn pwll helaeth o waed erbyn hyn, a gwydr o'i amgylch ym mhob man. Roedd y lliw wedi gadael wyneb Carwyn. Roedd ei anadl yn brin a'i lygaid ymhell. Tynnodd Gerwyn y chwistrell o'i law ac un arall o boced ei grys, a'u gosod nhw'n ofalus yn ei boced ei hun.

'Ffona ambiwlans,' meddai rhywun, a chododd Gari'r ffôn ger y bar.

'Na, ewch â fe i'r sbyty'n syth,' meddai Gerwyn yn chwyrn. 'Gari, dere â'r car rownd. Fe ffonwn ni i weud bo' fe'n dod. Fydd hynna'n glouach. Trefor, cer 'da fe. Rhowch y ddau 'na yng nghefn y pick-up i fi. Iori, dere 'da fi.' Roedd yr adrenalin yn pwmpio. Ni theimlai ei asen na'r briw ar ei dalcen. Roedd y gwaed yn parhau i lifo o'i drwyn, ond roedd ei lais yn benderfynol. 'Os bydd rhywun yn holi, wedi dianc mae'r ddau hyn. Deall?' meddai cyn mynd allan.

'Iawn, Gerwyn,' meddai sawl un yn betrus.

Gwyliodd Arthur Weasel yn cael ei lusgo'n ddiseremoni drwy ddrws y dafarn. Gallai ei weld yn cael ei lwytho yr un mor ddiseremoni i gefn pick-up Gerwyn drwy droi at gamera arall a oruchwyliai'r sgwâr. Roedd y llabwst yn dal yn anymwybodol yng nghefn y car. Byddai sawl clais gan y ddau pan fyddent yn deffro. Cludwyd Carwyn yn llawer mwy gofalus at gar arall a'i osod yn dyner yn y sedd flaen cyn i Gari fynd ar ras allan o'r llun. Gadawodd Gerwyn yn fuan wedyn. Dilynodd Iori ef yng nghar y dihirod. Ni wyddai Arthur i ble yr aethant. Ni welodd mo'r pick-up a'r car yn cyrraedd gât y lladd-dy.

Sgwn i a oedd Gruffudd yn gwylio, meddyliodd. Roedd hi'n hen bryd cael y glas i mewn i'r potes, a chododd ei ffôn. Cyn iddo ddeialu, daeth galwad i'r teclyn. Roedd y sgrin yn dynodi mai o ganolfan arddio Branwen y dôi. Gwasgodd y botwm i'w hateb

'Helô,' meddai llais nerfus.

'Helô,' meddai Arthur. Yn sicr, nid llais Branwen oedd hwn.

'Margaret o'r ganolfan arddio sy 'ma. O'n i ddim yn gwbod beth i neud, felly 'wy wedi ffono chi. 'Sdim ots 'da chi, o's e?'

'Ddim o gwbwl.'

'Jest bo' fi'n gwbod bo' chi wedi bod yn blisman a falle byddech chi'n gwybod beth i neud. Mae'ch nymbyr chi yn y ffôn hyn.'

'Be i'w wneud am be?' holodd Arthur yn ddiamynedd.

'Sai'n gwybod ble ma Branwen.'

'Be chi'n feddwl?'

'Ma hi wedi mynd i rywle.'

'Adre?' meddai Arthur yn ddilornus.

'Na, so hi wedi mynd gatre, ma'i char hi 'ma. Fe ath hi mas am sigarét, wy'n meddwl. Fel arfer ma dyn diogelwch 'ma, ond ma fe wedi mynd 'fyd. Rhyw fath o drafferth yn y Berig, medde fe. 'Wy wedi gweiddi amdani ym mhob man. 'Sdim sôn amdani 'ddi. 'Wy moyn cau lan, ond sai moyn neud 'ny hebddi. Fydde hi ddim wedi 'ngadel i fel hyn. Dyw e ddim fel hi. Sai moyn neud ffỳs a ffono'r heddlu, 'na pam wy'n ffono chi.'

'Chi wedi trio'i ffonio hi? Mae mobeil ganddi, on'd oes?'

'Nagw – ma'r ffôn man hyn ar 'i desg hi. Mae ffôn arall 'da hi, ond sai'n gwybod y nymbyr 'ny. Ffôn preifat yw e.'

'Dwi ar fy ffordd draw rŵan,' meddai Arthur a gwasgu'r botwm i orffen yr alwad.

Wrth iddo'i wasgu, daeth neges i'r ffôn gan Branwen. Gwasgodd i'w ddarllen. Nid oedd ond llun yn y neges. Byrhaodd ei anadl wrth iddo weld y llun ohoni. Roedd ynghlwm wrth gadair a thâp am ei cheg, a'i gwallt blith draphlith dros ei hwyneb.

Canodd y ffôn. Rhif Branwen eto.

'Hope you got the picture,' meddai llais dwfn, diwylliedig ag acen Wyddelig. 'Thought you'd like it. Focuses the mind, don't you think?'

'Who is this?' meddai Arthur a'i anadl yn drwm.

'Never mind who I am, just listen. Obey my instructions and she lives. Speak to the police and she's dead. Understand, Mr Goss? You have a vested interest in keeping her safe.' Nid atebodd Arthur, ond gwyddai mai Loughlin oedd perchennog y llais.

'Say yes,' meddai'r llais.

'Yes,' meddai Arthur.

'Good, you'll hear from me again soon,' meddai'r llais, ac aeth y llinell yn farw.

Ceisiodd Arthur ffonio'r rhif yn ôl.

'Welcome to the messaging service,' clywodd. Roedd y ffôn wedi ei ddiffodd. Gwasgodd Arthur y botwm ar y ffôn yn flin.

Ni allai ddehongli ei deimladau. Roedd gwefr yr antur yn llifo drwy ei wythiennau, ond roedd ofn a phryder yn cymylu ei feddwl, a'r llun o Branwen wedi ei serio ar ei ymennydd, ochr yn ochr â'r llun o Loughlin a ddangosodd Stanley iddo. Rhaid oedd iddo bwyllo.

'Cŵl, Arthur, cŵl boi,' meddai'n dawel. Pam fi? Pam daeth yr alwad ata i? meddyliodd wedyn. Roedd e wedi ei lusgo i ganol y miri, a doedd hi ddim yn rhwydd cadw'n cŵl.

Aeth Mrs Roberts o'r garafán gyfagos heibio i'r ffenest a chwifio'i llaw ato. Roedd realiti ei bywyd hi mor bell. Anadlodd yn drwm, chwifio'n ôl a'i gwylio'n cerdded at ei chartref diddos. Pendronodd am eiliad cyn codi allweddi'r car o'i ddesg a gadael. Nid oedd fawr ddim diben mynd i'r ganolfan arddio bellach, ond roedd yn rhywfaint o ryddhad gwneud rhywbeth i leddfu ei rwystredigaeth.

Ar y ffordd yno derbyniodd neges destun.

Carwyn ap Brân ar ei ffordd i mewn. Wedi ei saethu.
Chandra

Pennod 15

Erbyn i Weasel a'i gydymaith ddadebru'n iawn, roedden nhw'n gorwedd ar lawr gwlyb y lladd-dy â thâp yn drwch am eu garddyrnau a'u fferau ac am geg y llabwst. Roedd gwregys lledr o dan geseiliau'r ddau wedi ei gysylltu â chadwyn. Roedd honno wedyn yn arwain at y nenbont a gludai'r gwartheg eidion i'w prosesu. Eisteddai Gerwyn ar gadair uwch eu pennau ac ôl gwaed ar ei wyneb, a'i drwyn wedi chwyddo. Yn ei law roedd y gwn a ddefnyddid i ladd y bustych. Doedd hi ddim yr olygfa fwyaf cartrefol i ddeffro iddi o drwmgwsg.

'Cup of tea, gentlemen, before we get to the business of the evening?' holodd Gerwyn â mileindra ym mhob sillaf bwyllog. 'I'll give you a little time to wake up. I wouldn't want you to miss any of the experience.' Gwyddai Gerwyn na châi ddim synnwyr ganddynt am y tro.

Griddfanodd y ddau, a gwingodd eu cyrff yn seuthig wrth iddynt geisio dianc o afael y tâp. Gwyliodd Gerwyn hwy yn oeraidd tan i ludded eu hymdrechion eu trechu. Roedd eu sefyllfa anffodus yn dechrau gwawrio arnyn nhw wrth i effaith y cyffur adael eu gwythiennau.

'Time to get up, I think,' meddai Gerwyn ar ôl tipyn, a chodi ei law at Iori oedd ar ben pellaf y nenbont. Gwasgodd hwnnw fotwm a thynhaodd y cadwyni oedd ynghlwm wrth y gwregys o dan eu ceseiliau. Llusgwyd y dynion yn raddol nes eu bod yn hongian o'r nenbont. 'There, feeling more comfortable?' Roedd y ddau'n anadlu'n drwm, ond yn llonydd erbyn hyn.

Cododd Gerwyn o'i gadair a cherdded atynt a'r gwn yn ei law. Closiodd at wyneb Weasel. 'See what I've got in my hand?' Dangosodd y gwn i'r Sgowsar. 'This is what we use to kill animals like you. We put it to their heads and go pop! And seeing as you just shot my brother, I think I'll pop you and your little friend.' Os oedd dychryn yn wyneb y llabwst cynt, daeth yn amlycach fyth gyda geiriau oeraidd Gerwyn. Nid oedd trengi fel bustach yn ei swydd ddisgrifiad.

'No, you won't,' meddai Weasel, yn syndod o hyderus mewn sefyllfa mor angeuol.

'Why not?'

'If I die, your sister dies.'

'What do you mean?' holodd Gerwyn a thinc o ansicrwydd yn ei lais.

'We've got your sister.'

'You're talking out of your ar ...'

'Look at your phone. Look at your feckin phone! There's a message on it for you if you don't belive me,' meddai Weasel yn orffwyll.

'Iori, cer i hôl fy ffôn i o'r pick-up, wnei di? Gawn ni weld beth mae'r coc oen hyn yn malu cachu ambyti. This better be good,' meddai wrth Weasel wedyn.

Dychwelodd Iori gyda'r teclyn a'i roi i Gerwyn. Taniodd y sgrin. Roedd neges iddo oddi wrth Branwen. Agorodd hi a gweld yr un llun o'i chwaer a welodd Arthur.

'See? That's my insurance. I was just the decoy.' Roedd hyder yn llifo i'w lais. 'Let me down, you psycho bastard, or you won't see her again,' meddai Weasel yn fileinig, yn ymwybodol bod y grym newydd gael ei drosglwyddo i'w ddwylo mewn amrantiad.

Greddf Gerwyn oedd dyrnu'r corrach dieflig, ond pwyllodd. Roedd rhyddhad yn llygaid y llabwst.

'Where is she?' meddai Gerwyn, fodfeddi o wyneb Weasel.

'Dunno,' atebodd yntau'n fuddugoliaethus. 'I didn't need to know. I might have blabbed. We were just the distraction to draw your dogs. Now be nice and put us down. Let us go to the car and go home, and she'll be safe as houses. If you don't, it'll be bye-bye, sister. Got it?' meddai Weasel. 'Our boss is very loyal.'

'You're bluffing.'

'I might be, but she's your sister.'

'What do you want with her?'

'Me? Nothing, but I'm sure the Boss has his plans. What's she worth? You'll be hearing from him, I'm sure,' meddai Weasel â chrechwen.

'Who's the Boss?' holodd Gerwyn.

'Now that would be tellin', wouldn't it? Anyway, sort of looks like I'm the boss at the moment, eh? Now fucking cut me down and let us go, and you might see your sister again.'

Roedd pob gewyn yng nghorff Gerwyn am fwrw'r snichyn oedd yn gwneud pob defnydd o'i fantais, ond meddyliodd yn hir, gan syllu ar y llawr yn anadlu'n drwm. Roedd cymylau o stêm yn dod o'i ffroenau yn oerfel y tŷ haearn, fel tarw ar fin ymosod. Trodd at gwpwrdd cyfagos a thynnu cyllell fawr ohono, a chamu'n ôl atynt. Pefriodd llygaid y llabwst unwaith eto. Arhosodd Gerwyn yn hir ac edrych i fyw llygaid Weasel cyn codi'r gyllell a thorri'r tâp oedd yn caethiwo coesau'r ddau. Daeth rhyddhad yn ôl i lygaid y llabwst.

'Gollwng nhw,' meddai Gerwyn wrth Iori yn gyndyn. Ufuddhaodd yntau, gwasgu'r botwm a disgynnodd y ddau yn raddol. Wrth i'r band lledr oedd o dan eu ceseiliau lacio, gallai'r ddau ddianc o'u caethiwed. Camodd Gerwyn tuag atynt a'r gyllell finiog o hyd yn ei law. Cododd Weasel ei freichiau tuag ato. Troellodd Gerwyn y gyllell yn ei law ac edrych i lawr ar y dyn bach cyn hollti'r tâp i ryddhau ei ddwylo. 'Now get out,' meddai. 'Here,' meddai wedyn a thaflu allweddi'r car iddo. Roedd Iori wedi dod i sefyll wrth ei ochr erbyn hyn.

Roedd y llabwst yn sigledig o hyd, ond roedd Weasel yn ddigon abl i swagro'n feiddgar wrth ymadael. 'Don't think about following us either,' oedd ei eiriau olaf.

Gwyliodd Gerwyn ac Iori'r ddau'n ymadael, a llwch y buarth yng nghlos y lladd-dy'n codi ar eu holau i dywyllwch y nos. Plannodd Gerwyn y gyllell ym mhostyn pren y drws. Nid oedd grym wedi gweithio. Heb ei frawd, heb ei chwaer, roedd ar goll. Roedd panic yn ei lygaid.

*   *   *

Fu Arthur fawr o dro yn cyrraedd y ganolfan arddio. Roedd Margaret yn aros amdano yn y maes parcio a'i hwyneb yn bryder i gyd. Roedd car Branwen yn edrych yn unig yn llewych golau'r ganolfan.

'O diolch, chi wedi dod. O's newyddion 'da chi?'

'Ewch â fi i'r swyddfa,' meddai Arthur, gan anwybyddu ei chwestiwn. Brysiodd y ddau drwy ganol y blodau a'r dodrefn gardd.

'Beth sy'n digwydd, Mr Goss?'

'Wn i ddim eto,' oedd ei unig ateb.

'Dyma'i ffôn hi, ch'weld,' meddai Margaret.

'Dwi am gadw hwn.'

'Iawn, Mr Goss. Chi'n gwybod beth chi'n neud.'

'Fwy neu lai,' meddai Arthur. Roedd yr awdurdod yn ei lais yn lleihau panic Margaret. 'Ydech chi wedi dweud wrth rywun arall am hyn?'

'Naddo, neb.'

'Da iawn. A fyddwch chi ddim yn dweud wrth neb chwaith, na fyddwch?'

'Os chi'n gweud.'

'Ydw.'

'Mae rhywbeth drwg wedi digwydd iddi, on'd o's e?'

'Falle, ond wyddon ni ddim yn iawn eto. Dwi'n siŵr bydd popeth yn iawn,' ychwanegodd Arthur, yn ceisio swnio mor bositif ag y gallai.

'Chi am ffono'r heddlu?'

'Gadewch bethau felly i mi, Margaret. Rŵan, y peth pwysig yn y fan hyn ydy peidio mynd i banics. Rhaid i chi 'nhrystio fi. Chi'n deall?'

'Odw, Mr Goss.'

'Caewch y lle heno ac agor bore fory fel arfer. Iawn?'

'Iawn.' Roedd rhywfaint o heddwch wedi dod i ran Margaret.

Cododd Arthur ffôn y swyddfa. 'Sut ydw i'n dod o hyd i'r rhifau mae hwn yn eu cofio?'

'Gwasgu hwn,' meddai Margaret, gan gyfeirio at fotwm ar y derbynnydd. Wrth ei wasgu, daeth rhestr enwau a rhifau i'r golwg ar y sgrin fechan. Roedd rhifau ffôn symudol Carwyn a Gerwyn a rhif tŷ Gruffudd yn eu plith. Nododd nhw ar ddarn o bapur.

Roedd Margaret yn gwylio pob gweithred.

'Rhowch funud i mi, Margaret. Mae angen i mi feddwl,' meddai, a phwyntio at y drws.

Ymadawodd hithau'n ufudd i roi heddwch iddo. Roedd yn dda ganddi fod rhywun yn codi baich y cyfrifoldeb oddi arni.

Eisteddodd Arthur yn hir yn pendroni. Roedd y lluniau o Branwen a Loughlin yn fflachio drwy ei feddwl yn gwneud ei waith yn anos, ond dychwelodd pragmatiaeth oer ei ddyddiau fel plismon iddo'n raddol. Ni allai adael i sefyllfa Branwen a'i thrallod darfu arno. Rhaid oedd meddwl yn glir. Cododd.

'Margaret, gallwch chi gau rŵan.'

'Iawn, Mr Goss,' meddai hithau, yn syndod o agos ato. Aeth hi ddim yn rhy bell o'r golwg.

'Cofiwch rŵan, dim gair.'

'Dim gair,' meddai hi, yn amlwg yn falch o fod o gymorth ac yn rhan o gynlluniau Arthur, beth bynnag oedden nhw.

Roedd Arthur yn eistedd yn ei gar pan ddaeth yr alwad o ffôn Branwen.

'Hello again, Mr Goss,' daeth llais dwfn Loughlin. 'Someone would like to speak to you.'

'Arthur?'

'Ia. Branwen?'

'Ie.'

'Ti'n iawn?

'Ydw … nadw,' daeth yr ateb dryslyd drwy'r ffôn. Roedd ofn a lludded yn amlwg yn ei llais. 'Dwi wedi dweud wrthyn nhw am gysylltu â ti. Ti oedd yr unig ddewis.'

'Ydyn nhw wedi dy frifo di?'

'Na, ond maen nhw moyn arian, lot o arian, a sai'n gwybod beth wnân nhw os na chân nhw fe. Maen nhw'n dweud eu bod nhw wedi saethu Carwyn yn barod.'

Clywodd lais Loughlin yn y cefndir. 'What did she say?'

'She just said she's okay and we've got to get money. Said her brother's been shot too,' meddai rhywun ag acen dew o Fangor neu rywle yn y cyffiniau. Adnabu Arthur y llais newydd hwn o rywle. Clywodd lais Loughlin yn dychwelyd. 'Just to keep you in the picture, keep you focused. Now listen to me. Listen very carefully. I want half a million pounds, that's all. Should be small beer for the Brân family. As compensation – a financial adjustment, you could say. Nine o'clock tomorrow night, Mr Goss. Should be enough time. They have their own bank, after all.'

'Compensation for what?'

'It's a matter of honour, Mr Goss, honour. An eye for an eye. They hurt my kin, and I hurt theirs. Need to get things straight, you might say.'

'You're an honourable man, then.'

'Of course. Honour is everything.'

'It won't be very honourable if you hurt her.'

'Only if needs must, Mr Goss, collateral damage, but that won't be necessary, will it?'

'How do we do this?'

'All in good time. I'll keep you posted.'

'One question.'

'Yes.'

'Why tell me? Why not go direct?'

'Your lovely lady here thinks you're the man to get things sorted, and who am I to disagree? We need someone with a cool head. You have a vested interest, and you won't do anything silly. I think you're the man to get it done, Mr Goss, a dependable middle-man, you could say. Her other brother's a bit wild, and Gruffudd isn't up to it, so you're it, I'm afraid,' meddai Loughlin. 'We wouldn't want anything to happen to your dear lady, would we? Thank you for your co-operation in this matter. I'll be in touch very soon. Let me know when you have the money.'

Daeth sain yn dynodi bod yr alwad ar ben. Roedd y gwahaniaeth rhwng cywair ffurfiol, cyfeillgar y llais a chynnwys y neges yn frawychus. Anadlodd Arthur yn ddwfn. Ymhen munud neu ddau, gwasgodd y botwm i ddarllen neges Dr Chandra unwaith eto, a'i wasgu wedyn i ffonio'r rhif. Nid oedd ateb. Diawliodd.

Er mor llafurus oedd anfon neges destun, dechreuodd Arthur deipio.

Pwysig. Beth oedd enw'r bachgen fu farw yn y gwely drws nesaf i mi yn yr ysbyty? Goss

Cyrhaeddodd y neges ffôn Chandra. Nid oedd amser ganddo i'w hateb.

Estynnodd Arthur i'w boced am ei bwmp a chymryd dau ddracht helaeth ohono. 'Reit,' meddai wrtho'i hun yn dawel ond yn bendant. Ystyriodd gysylltu â Price. Ni wnaeth. Gwyddai mor drwm y gallai traed plismyn fod pan oedd angen cerddediad ysgafnach. Aeth i'w boced eto a thynnu'r darn papur â'r rhifau arno. Deialodd rif ffôn symudol Gerwyn. Sgwn i ydy o'n gwybod am Branwen, meddyliodd. Nid oedd ganddo syniad sut i ddechrau'r sgwrs.

*   *   *

Ni ddywedodd Iori air, dim ond eistedd yn dawel tra troediai Gerwyn yn orffwyll yn ôl ac ymlaen yn bygwth pawb a phopeth. Roedd ei feddyliau'n hyrddio drwy ei ben yn ddigyfeiriad, yn rhwystro unrhyw benderfyniad. Carwyn neu Branwen fyddai'n penderfynu. Roedd y sefyllfa'n galw am sgiliau nad oedden nhw ganddo. Daeth yr alwad ffôn â rhywfaint o ryddhad i'w benbleth. Nid adnabu'r rhif.

'Ie?' meddai'n chwyrn.

'Arthur Goss yma.'

'Pam gythrel wyt ti'n 'y ngalw i?'

'Ti angen help.'

'Beth ti feddwl?

'Gwranda, jest gwranda, wnei di,' meddai Arthur yn ei lais awdurdodol gorau. 'Wyt ti'n gwybod am Branwen?'

'Gwbod beth?' holodd Gerwyn yn ddrwgdybus.

'Mae rhywun wedi cipio Branwen. Ti'n gwybod pwy.'

'Odw, dwi'n gwbod, ond shwt wyt ti'n gwbod?'

''Sdim amser i egluro. Rhaid i ni gwrdd. Nawr.'

'Iawn.' Gyda'r unsill hwn, gallai drosglwyddo'r cyfrifoldeb. 'Ble?' holodd wedyn.

'Y lay-by ar y brif ffordd wrth y troad i'r Berig. Chwarter awr. Dim ond ti. Dim angen y trŵps. Dim ffŷs.'

'Ocê'

'O, a ffonia dy wraig i ddweud y byddi di'n hwyr. Dyden ni ddim isio iddi hi boeni a ffonio'r bobl anghywir.' Roedd y manylder hwn yn lleddfu ansicrwydd Gerwyn. Roedd ganddo rywun a wyddai beth i'w wneud. Mewn byr o dro, roedd wedi gadael yn y pick-up ac Iori'n edrych yn syn ar ei ôl.

Roedd yr uned gofal brys yn barod am Carwyn, a throsglwyddwyd ef o'r car i'r troli ac wedyn yn syth i'r ystafell drawma lle'r oedd Dr Chandra'n disgwyl amdano. Roedd y gannwyll yn dal ynghyn, ond roedd fflam bywyd Carwyn yn pylu bob eiliad. Nid oedd amser i'w golli, ac aeth Chandra ati ar unwaith. Roedd llawdriniaeth yn anorfod. Roedd y gwaedu allanol wedi peidio, ond roedd y gwaedu mewnol yn parhau. Ni chlywodd y sain a ddynodai fod neges yn aros amdano ar ei ffôn.

*   *   *

Doedd hi ddim yn syndod pan dderbyniodd Price yr alwad gan Arthur. Roedd wedi gwylio'r drafferth yn y dafarn ac eisoes wedi rhybuddio'r tîm i ymbaratoi.

'Helô, Syr,' meddai.

Doedd gan Arthur ddim amser i'w wastraffu. 'Faint o ddylanwad sy gen ti?' holodd wrth yrru. Hyderai na fyddai'n colli'r signal.

'Fi, dim. Stanley, lot.'

'Mae angen eich help chi. Ble rwyt ti?'

'Ddim yn bell.'

'Ble? Stopia fod mor blydi cryptig!'

'Tŷ Mam.'

'Ro'n i'n amau. Yli, synnwn i ddim nad ydy'r heddlu ar eu ffordd i'r ysbyty yn Aber. Mi fydd yr Adran Frys wedi'u galw nhw. Mae Carwyn ap Brân wedi cael ei saethu.'

'Dwi'n gwbod.'

'Ro'n i'n amau hynny hefyd. Stopia nhw os medri di.'

'Ni wedi.'

'Blydi hel,' meddai Arthur mewn syndod.

'Yr hen fyd dirgel 'ma, Syr,' meddai Price yn gellweirus.

'Mae angen i ni siarad.'

'Pryd? Ble?'

'Fory yn y garafán. Wyth o'r gloch.'

'Y bore?'

'Ia. Maen nhw wedi cipio Branwen.'

'Wydden ni mo 'ny.'

'Dydy negeseuon ei ffôn hi ddim wedi dweud wrthoch chi?'

'Na.'

'Chi wedi bod yn edrych ar y ffôn anghywir. Mae ffôn arall ganddi hi.' Torrwyd y signal. Ni chlywodd Price ddim mwy, ond roedd y drafodaeth yn ddigon iddo wybod nad oedd gwyliadwriaeth wedi bod ar ffôn Goss.

*　　　*　　　*

Synnodd Anest nad oedd un o'r teulu wedi galw i mewn i weld eu tad gyda'r hwyr. Fel arfer byddai'r tri wedi bod heibio, er na fyddai Gruffudd wedi bod fawr callach heno. Prinnach bob dydd oedd y cyfnodau pan oedd yn effro. Meddyliodd ffonio Branwen, ond roedd ei shifft ar fin gorffen. Penderfynodd mai siarad â'r nyrs oedd ar ddyletswydd dros nos fyddai orau. Diffoddodd y sgriniau ger y gwely a'r lamp, a gadael i'r teyrn gysgu.

Pennod 16

Roedd Goss wedi cyrraedd y gilfach o flaen Gerwyn. Roedd glaw mân yn chwythu o'r môr. Roedd hi'n un ar ddeg y nos, a dim ond ambell gar oedd yn pasio.

Daeth neges i'w ffôn:

> *Walter Loughlin oedd enw'r bachgen.*
> *Carwyn ap Brân mewn coma, wedi colli llawer o waed.*
> *Rhagolygon ddim yn dda.*
> *Chandra*

Chwyrlïodd pick-up Gerwyn i'r gilfach a pharcio'r tu ôl i'w Mondeo. Ni chododd Arthur o'i gar. Bydd cydweithio â hwn yn brofiad diddorol, meddyliodd. Gwyliodd ddrws y cerbyd yn agor yn y drych a Gerwyn yn cerdded ato yng ngolau'r car, a dod i eistedd wrth ei ochr. Roedd gwylltineb yn ei lygaid.

'Beth sy'n digwydd, Goss?' meddai, heb edrych ar Arthur.

'Mae'r dinistr yn digwydd, Gerwyn,' meddai Arthur â choegni ym mhob sillaf.

'Dinistr? Pwy ddinistr?'

'Mae o wedi bod yn aros i ddigwydd ers tro, ac mae'n amser talu,' meddai Arthur yn fflat.

'Talu?' holodd Gerwyn

'Mae o isio hanner miliwn.'

'Loughlin?'

'Ia.'

'Hanner miliwn am Branwen?'

'Ia,' meddai Arthur mor ddifynegiant ag o'r blaen.

'Shwt wyt ti'n gwbod 'ny?'

'Maen nhw'n fy nefnyddio i fel y negesydd.'

'Ti'n rhan o hyn?' ymatebodd Gerwyn yn chwyrn, a throi fel petai am afael yn Arthur.

'Wrth gwrs ddim, paid â bod yn wirion. Mae angen i rywun fod yn cŵl, rhywun yn y canol. Dydy hynny ddim yn syniad drwg, o be wela i,' ychwanegodd, ac edrych yn syth i wyneb Gerwyn. Roedd yr eglurhad yn amlwg yn ddigon, a gostegodd Gerwyn. 'Ar hyn o bryd, 'sgen ti neb arall. 'Sgen ti ddim dewis ond i fy nhrystio i.'

'Iawn,' meddai Gerwyn yn ufudd. 'Beth sy'n digwydd, Goss? Ma'n nhw wedi saethu 'mrawd hefyd.'

'Ydyn … Ydyn nhw?' meddai Arthur, yn cywiro ei ymateb yn sydyn. Barnai mai annoeth fyddai datgelu ei wybodaeth o'r ffaith.

'Ma fe yn yr ysbyty. Sai'n gwbod ydy e'n fyw.'

'Wyt ti wedi ffonio?'

'Na.'

'Pam?'

'Sai'n gwbod,' meddai Gerwyn a'i ben yn ei ddwylo. 'Ma popeth yn mynd ar chwâl. Sai'n gwbod beth i neud. Sai wedi gweud wrth Nhad eto. Fydd hyn i gyd yn ddigon i'w ladd e.' Roedd yr holltau'n dechrau ymddangos ym mhwyll Gerwyn. Sylweddolodd Goss y gwyddai Branwen yn iawn na fyddai'r crebwyll ganddo i ymdopi.

'Reit, sytha!' meddai Arthur yn flin. 'Gwranda! Mae gen ti ddewis.'

'Pa ddewis?'

'Talu neu beidio talu.'

'Mi ladda i'r bastard!' sgrechiodd Gerwyn.

'Dydy hynny ddim yn opsiwn,' meddai Arthur yn ddiamynedd. 'Cwlia lawr a meddwl, neu gad i mi feddwl.'

'Ocê, ocê,' meddai Gerwyn, yn ceisio rheoli ei deimladau. Roedd Arthur yn siarad ag e fel athro'n siarad â bachgen ysgol mewn trallod. Roedd ymateb Gerwyn yn adlewyrchu hynny. 'Beth ddylwn i neud, Mr Goss?'

'Talu. Nid dyma'r amser i feddwl am egwyddorion. Gawn ni boeni am y rheiny wedyn, a phoeni am eu dal nhw.'

'Hanner miliwn?'

'Fedri di fyw efo gwrthod talu?' meddai Arthur yn dawel. 'Mae Loughlin o ddifri, ti'n gwybod.' Sigodd Gerwyn yn sedd y car.

'Fedri di gael gafael ar hanner miliwn?' holodd Arthur.

'Na.'

'Mae'n ddydd Gwener fory. Be am y banc? Chi sy bia fo?'

'Ie.'

'Wel?'

''Sdim hanner miliwn 'da ni.'

'Dere mlaen!'

'Ni wedi talu lot mas. 'Sdim lot yn y coffre.'

'Grêt.'

'Allen ni ddim galw'u blyff?' holodd Gerwyn.

'Gyda Loughlin? Na. Mi fydd rhaid i ti dalu os wyt ti am weld dy chwaer eto.' Pwyllodd am eiliad cyn ychwanegu: 'Mae gan Carwyn arian.'

'Ble?'

'Yn ei fflat.'

'Shwt chi'n gwbod 'ny?'

'Paid â gofyn.'

'Ond ...'

'Ond dim byd. Mae o'n ateb. Oes gen ti un gwell? Ble fase fo'n cadw lot fawr o bres?'

'Fi'n gwbod bod seff 'da fe. Ma fe'n cario'r allweddi 'da fe i bob man.' Roedd pendantrwydd Arthur yn drech nag ef.

'Dwi'n meddwl bod rhaid i ti fynd i weld dy frawd,' meddai gan wenu ar y gŵr trallodus wrth ei ochr. 'Tyrd â'i ddillad yn ôl efo ti. Ffonia fi pan mae'r allweddi gen ti.'

'Iawn.' Oedodd Gerwyn, a golwg gythryblus ar ei wyneb.

'Wel, cer 'te. Ti'n gwybod be i'w wneud.' Agorodd Gerwyn y drws ac ymadael. Gwyliodd Arthur oleuadau ôl coch y pick-up yn hyrddio i gyfeiriad Aber.

Tecstiodd Arthur Chandra.

Gerwyn ap Brân ar ei ffordd i'r ysbyty.

*   *   *

Roedd hi wedi bod yn nos Iau eithaf tawel heblaw am ddyfodiad Carwyn a'i ymweliad brys â'r theatr. Ac erbyn hanner nos, doedd ond ambell friw a chlais i'w hymgeleddu. Roedd Gari, barman y Llong, wedi hen adael. Synnodd hwnnw nad oedd yr heddlu wedi dod i'w holi, ond ar ôl iddo ateb cwestiynau brys am enw'r claf a'i gyfeiriad, ac ymhle cafodd Carwyn ei saethu, trosglwyddwyd y claf i ddwylo'r meddygon a gallodd Gari ddiflannu i'r nos.

Pan gyrhaeddodd Gerwyn, roedd y fenyw yn y

dderbynfa'n ei ddisgwyl. 'Mr ap Brân?' meddai. 'Dewch gyda fi,' a hebryngwyd ef i ystafell wag gyfagos. 'Mae Dr Chandra am eich gweld.' Gadawyd ef yno am funudau hir cyn i Chandra agor y drws. Adnabu Gerwyn y meddyg yn syth.

'Sut mae unwaith eto?' meddai Chandra. 'Buoch chi yma beth amser yn ôl gyda'ch tad. Rhoesoch gyfweliad i mi a'r wraig pan ddaethon ni i rentu Bwthyn y Graig. Chi'n cofio?'

'Ydw.'

'Reit, eich brawd.'

'Ie?'

'Mae e'n fyw, ond mae e'n wael iawn. Mae e yn yr uned gofal dwys ar hyn o bryd. Mae e wedi cael anaf cas iawn. Rhywbeth wedi mynd trwy un o'i ysgyfaint. Mae wedi colli llawer iawn o waed.'

'Ody e'n mynd i fod yn ocê?'

'Wyddon ni ddim ar hyn o bryd. Fe stopiodd e anadlu ar y ffordd i mewn. Am ba hyd, a faint o niwed wnaeth hynny, does dim dal. Chi am ei weld?'

'Odw. Dwi moyn 'i ddillad e.'

'Wrth gwrs,' meddai'r meddyg, heb ddangos ei fod yn synnu at y gorchymyn cwbl anaddas yng nghyd-destun claf oedd mor wael.

'Rhywbeth pwysig yn 'i boced,' ychwanegodd Gerwyn i geisio cyfiawnhau ei hun.

'Maen nhw yn y swyddfa. Rydw i wedi cysylltu â'r heddlu. Mae'n orfodol i ni wneud yn achos pob anaf sy'n ymwneud â gynnau.'

'O,' meddai Gerwyn braidd yn llipa. Roedd golwg druenus ar ei wyneb, ac ôl gwaed arno, a'i drwyn wedi chwyddo'n sylweddol.

'Ond does neb o'r heddlu wedi bod yma eto.'

'O,' meddai Gerwyn eto.

'Ydych chi am i ni gael golwg ar eich trwyn?'

'Na.'

'Iawn,' atebodd Chandra yn ffurfiol. 'Af fi â chi drwodd?' Cododd un o'r cleifion cyfagos ei ben a gwylio wrth i Gerwyn gael ei hebrwng i'r ward gofal dwys.

Prin y byddai wedi adnabod ei frawd, gan mor welw oedd e, a mor niferus oedd y pibellau, y gwifrau a'r bagiau gwaed oedd yn gysylltiedig â'i gorff. Roedd monitor uwchben ei wely'n dynodi'r wybodaeth am ei gyflwr, a nyrs wrth droed ei wely'n cadw llygad gofalus arno.

'He's stable at the moment,' meddai wrth Chandra.

'Dydy'r rhagolygon ddim yn dda. Y llinell uchaf ydy'r un bwysicaf,' meddai Chandra gan dynnu sylw Gerwyn at y monitor. 'Dyna'r un sy'n dynodi pa mor weithgar ydy'r ymennydd. Ni sy'n ei gadw'n fyw ar hyn o bryd ar hwn,' meddai, a phwyntio at un o'r peiriannau o gwmpas y gwely.

Safodd Gerwyn yno'n dawel. Roedd cryndod yn ei ddwylo. Sylwodd Chandra. 'Allwn ni wneud dim mwy,' meddai a hebrwng y gŵr sigledig at gadair gyfagos. 'Mae ei ddillad yn y swyddfa. Gallwch chi fynd â nhw.' Ni wyddai faint o emosiwn oedd yn berwi ym mhen Gerwyn. 'Fe gewch chi funud dawel yma,' meddai Chandra.

'Na, fe ddo i gyda chi. Ga i'r dillad 'na?' meddai Gerwyn yn frysiog.

'Yn y swyddfa,' meddai Chandra. 'Mae un o'r nyrsys yno. Fe wnawn ni'n gorau drosto,' meddai, cyn gadael Gerwyn wrth ddrws y swyddfa.

Ar ôl iddo dderbyn y bag, ymbalfalodd Gerwyn

yn wyllt yn yr amryw bocedi oedd yn y dillad. Roedd yn rhyddhad iddo pan ddarganfu gylch allweddi. Gadawodd gyda'r bag. Nid edrychodd yn ôl ar ei frawd.

Cododd un o'r cleifion oedd yn aros yn y cyntedd ei ben eto. Dilynodd Gerwyn trwy'r drws awtomatig yn fuan wedyn.

Wedi iddo gyrraedd y pick-up, anfonodd Gerwyn neges at Arthur:

Wedi cael yr allweddi. Be nesa?

Derbyniodd Arthur y neges yn y garafán. Roedd y signal bob amser yn dda yno, ond roedd batri ei ffôn ar fin marw. Roedd wedi cysylltu'r gwefrydd pan ddaeth y sain. Ymatebodd:

Cer adre. Cwrdd wrth fflat Carwyn 10 bore fory. Cadw dy ben.

Ni allai ond aros nawr.

Eisteddodd yn ei gadair freichiau yn nhawelwch y nos a cheisio dileu'r olygfa o Branwen o'i feddwl. Nid oedd am ddychmygu'r driniaeth roedd hi'n ei dderbyn. 'Cadw'n cŵl?' meddai wrtho'i hun. Haws dweud na gwneud. Ystyriodd agor y botel wisgi oedd yn yr oergell. Ni wnaeth. Pwysodd yn ôl a chau ei lygaid. Rhaid oedd wrth feddwl effro. Rhaid oedd cael cwsg, ond prin y daeth cwsg i'w amrant heno.

Pennod 17

Rhaid ei fod wedi syrthio i gysgu, a daeth y gnoc ar y drws am wyth o'r gloch ar yr adeg berffaith i'w ddeffro o rywle llai bygythiol na hunllef realiti. Safai Price yno.

'Coffi?' meddai'n hwyliog. Edrychai'n hynod ifanc a dibrofiad yn ei grys-T a'i jîns yng ngolwg Arthur.

'Tyrd i mewn,' meddai Arthur yn floesg, yn rhwbio'r ychydig gwsg a gafodd o'i lygaid. Edrychai'n bur aflêr, ac roedd yn amlwg ei fod wedi cysgu yn ei ddillad. Sbeciodd o gwmpas y maes carafannau. Ni welai ddim yn wahanol i'r arfer. Roedd y bore'n niwlog a'r carafanwyr eisoes yn codi o hedd eu cwsg hwythau.

'Eistedd i lawr a gwranda,' meddai Arthur wrth Price. 'Does gen i ddim lot o amser i siarad,' meddai wedyn, gan daflu golwg sydyn ar ei ffôn i weld a ddaethai galwad neu neges na chlywsai. Nid oedd y sgrin yn dynodi fod yr un alwad wedi bod.

Eisteddodd Price a gwrando.

'Reit, dwi'n siŵr bod eich cafalri chi wedi dechrau casglu o bedwar ban, ond mi ydw i am iddyn nhw gadw allan o'r ffordd. Am y tro, o leiaf. Mae'r Brain am dalu. Mi fydd Loughlin yn cadw at ei air.'

'A beth yw hwnnw?'

'I ryddhau Branwen os caiff e'r arian, neu ei lladd hi os na, neu os bydd unrhyw awgrym fod yr heddlu neu'ch criw chi yn agos.'

'Chi'n meddwl gwnele fe?'

'O, ydw. Dwi a fo'n mêts mawr erbyn hyn. Siarad

ar y ffôn yn rheolaidd. Mae Loughlin yn ddyn hollol benderfynol, hollol cŵl. Mae hwn yn ddyn sy'n gwybod ei fod o'n marw, yn fy marn i. Dydy ei fywyd ei hun yn poeni dim arno fo. Mae o isio rhoi trefn ar bob dim cyn mynd. Mae'r Brain wedi sarhau ei linach o. Talu'r pwyth yn ôl er mwyn cydbwyso'r camweddau ydy'r bwriad. Dydy'r pres ddim yn bwysig iddo fo, chwaith. Symbol ydy o, dyna'r cwbwl.'

'Faint mae e moyn?'

'Hanner miliwn.'

'Waw!'

'Drwydda i mae'r wybodaeth yn cael ei chario. Fi ydy'r negesydd. Paid â gofyn pam. Rhaid ei fod o'n gwybod amdana i a Branwen. Wn i ddim sut, ond mae o.'

'Oes hanner miliwn gyda nhw i dalu?'

'Ddim eto, ond dwi'n meddwl y bydd.'

'O ble?'

'Gan Carwyn, gobeithio. Mi fyddwn ni'n 'nôl y pres bore 'ma. Y seff yna soniodd Derec amdano yn ei fflat.'

'Chi moyn i ni gadw mas, 'te?'

'Ydw. Pan fydd Branwen yn saff, mi wna i adael i chi wybod, ac fe gewch chi anfon lluoedd y fall i mewn, ond ddim cyn hynny. Deall?'

'Fe wnaf i 'ngore. Unrhyw syniad ble ma'n nhw'n 'i dala hi?' holodd Price.

'Mi oeddwn i'n gobeithio y base gynnoch chi ryw syniad. Dwi'n amau nad ydy hi'n agos. Rhy anodd cael lle i guddio.'

'Roedden ni'n gallu dilyn ei ffôn hi, ond mae'n dweud ei fod e fan hyn, a dyw hynny fawr o iws. Ydy 'i ffôn hi 'da chi?'

'Ydy,' meddai Arthur, a thynnu'r teclyn o boced ei siaced. 'Ffôn gwaith. Ei ffôn personol sy ganddi hi. Ar hwnnw mae Loughlin yn cysylltu â fi.'

'Ody'r rhif 'da chi? Gawn ni fe? Gallwn ni ddilyn hwnnw wedyn, os yw e'n aros mlaen yn ddigon hir.'

'Na.'

'Na?'

'Os byddwch chi'n dilyn y ffôn, mi wnewch chi stomp o bob dim, a fedra i ddim risgio hynny.'

'Ocê, ocê,' meddai Price, a chodi ei ddwylo. 'Chi yw'r bòs.'

'Ia, am y tro. Rŵan cer. Mae gen i lot i'w wneud.'

'Iawn,' meddai Price a chodi. 'Cadwch ni yn y lŵp, cofiwch.'

'Mewn da bryd, Price, mewn da bryd.'

Gadawodd Price.

Ar ôl iddo fynd, cododd Arthur ei ffôn i edrych ar y llun o Branwen unwaith eto. Gwyddai y byddai gwneud hynny'n cymylu ei feddwl, ond ni allai beidio. Ceisiodd edrych heibio iddi i chwilio am unrhyw gliw a fyddai'n rhoi syniad iddo am ei lleoliad. Craffodd. Eisteddai Branwen mewn cornel. Edrychai'r wal y tu ôl iddi fel petai wedi'i gwneud o fetal. Roedd marciau ar y wal ac ambell staen, ond dim byd arwyddocaol. Roedd bariau'n rhedeg ar hyd y wal wrth ei hochr, a rhaff ynghlwm wrth un o'r bariau. 'Fan,' meddai'n sydyn. 'Blydi fan! Ti ddim mewn stafell o gwbwl, wyt ti? Ti mewn blydi fan ddodrefn.'

*　　　*　　　*

Am ddeg o'r gloch, cyrhaeddodd Arthur fflat Carwyn. Roedd Gerwyn yno eisoes. Roedd hi'n bartneriaeth annisgwyl, anghyfforddus, ond angenrheidiol. Roedd ôl y gwaed wedi diflannu oddi ar wyneb Gerwyn, ond roedd y chwydd ar ei drwyn a'i dalcen yn amlycach fyth erbyn hyn. Roedd diffyg cwsg yn amlwg yn ei lygaid. Fyddai penderfynu a rhesymu ddim yn dod yn hawdd iddo.

'Ffoniaist ti'r wraig i ddweud baset ti'n hwyr?'

'Naddo.'

'Pam? Fase hi ddim yn holi?'

'Sai'n byw gartre nawr.'

'O?'

'Byw yn y gwesty.'

'O.'

'Pethach ddim yn rhy dda rhyngton ni.'

'Dyna ddigon o wybodaeth, diolch. Mae pethau gynnon ni i'w gwneud.'

Roedd trefn a gwareidd-dra yn y fflat. Roedd hoffter Carwyn o ddodrefn chwaethus mewn awyrgylch finimalistaidd yn amlwg. Roedd popeth yn ei le ond nid oedd seff i'w weld.

Safodd Arthur yng nghanol y lolfa yn amsugno awyrgylch y lle tra oedd Gerwyn yn rhuthro o un ystafell i'r llall. Gallai amgylchedd cartref ddweud cymaint am natur rhywun. Roedd hwn yn dir dihalog na chafodd neb ond Derec droedio arno.

'Oes allwedd gen ti i'r drws yma?' holodd Arthur, ar ôl iddo gerdded at ddrws ym mhen pellaf y fflat a darganfod ei fod ar glo. Ymbalfalodd Gerwyn ymhlith yr allweddi a darganfod un oedd yn edrych yn addawol. Agorodd y drws ar labordy helaeth ac ynddo gyfarpar cemeg i'w ryfeddu. Tybiodd Arthur mai dyma ffatri'r Merlin Dust.

Agorodd bob cwpwrdd yn ei dro. Roedd yna bacedi a jariau o gemegolion o bob math. Cyrhaeddodd un cwpwrdd oedd ar glo.

'Agor hwn,' meddai wrth Gerwyn. Ymbalfalodd hwnnw drwy'r allweddi unwaith eto, a dod o hyd i'r un cywir ar ôl rhoi cynnig ar ambell un. Roedd y seff yn llechu yno. 'Agor o, 'te,' meddai Arthur yn awdurdodol wrth Gerwyn, oedd yn edrych arno fel petai'n disgwyl y cyfarwyddyd nesaf.

Roedd yr allwedd leiaf yn agor y seff yn hawdd, ac ynddo roedd llwyth o bapurau hanner canpunt mewn bwndeli destlus.

'Bingo!' meddai Arthur. 'Hanner miliwn o leia, gobeithio.'

Wedi i Arthur gyfri un, gwelodd fod pum mil o bunnau ym mhob bwndel.

'Sawl bwndel sy angen, felly, Gerwyn?' holodd Arthur yn dadol. Edrychodd Gerwyn yn hurt arno. 'Deg yn gwneud £50,000, faint i wneud hanner miliwn?' Doedd mathemateg ddim yn un o gryfderau Gerwyn, yn amlwg. 'Mae angen cant, Gerwyn,' a chyfrifodd Gerwyn y bwndeli a'u gosod yn bentwr ar y bwrdd. Roedd nifer sylweddol ar ôl yn y seff. Roedd ffrwyth llafur cyfnod go helaeth yma. 'Rŵan, rho nhw i gyd mewn bag, cau'r seff, ac fe awn ni.'

''Sdim bag 'da fi,' meddai Gerwyn, yn swnio fel bachen ysgol oedd wedi anghofio ei ddillad ymarfer corff. Aeth Arthur i'w boced a chynnig bag plastig Tesco iddo.

'Rhaid meddwl am bopeth, ti'n gweld. Mi dalais i bum ceiniog am hwn,' meddai.

Clowyd y seff a drysau'r fflat, ac ymadawodd y ddau a mynd i eistedd ym Mondeo Arthur.

'Beth nawr?' holodd Gerwyn.

'Aros i weld,' meddai Arthur, a thynnu ei ffôn o'i boced.

Got cash oedd y neges syml a anfonodd at ffôn Branwen. Ni ddisgwyliai ateb mor fuan.

Well done, Mr Goss. I'll let you know.

'Ti'n gweld? Mae posib dod i ben â phethe dim ond i ni gadw'n cŵl,' meddai Arthur. Roedd rhywfaint o ryddhad yn ymarweddiad Gerwyn erbyn hyn. 'Sut mae dy frawd?' holodd wedyn.

'Sai'n gwybod,' atebodd Gerwyn.

'Well i ti ffonio, dwi'n meddwl, a tithe newydd ddwyn hanner miliwn o bunnoedd o'i fflat o. Gyda llaw, sut oedd o neithiwr?'

'Ddim yn dda.'

'Welest ti'r doctor?'

'Do.'

'Chandra oedd o?'

'Ie. Ma fe'n byw 'ma. Yn y Berig. Wy'n 'i gofio fe.'

'Ti roiodd sbrag yn ei gontract o ar ôl iddo dynnu sylw at y Berig?'

'Shwt o't ti'n gwbod am 'ny?'

'Mi gymra i taw "ie" yw'r ateb. Dwi am i ti wneud rhywbeth bach i mi.'

'Beth?'

'Gwna'n siŵr ei fod o'n cadw'i job, wnei di?'

'Shwt?'

'Ffonia un o dy fêts ar banel yr ysbyty 'na. Digon hawdd.'

'Olreit.'

'Heddiw. Dweud mor dda ydy o. Mae o'n cadw dy frawd di'n fyw, wedi'r cwbwl.'

Roedd y wybodaeth oedd gan hwn yn frawychus, meddyliodd Gerwyn.

'Ocê,' meddai. Ni holodd ymhellach.

'Cer â dy fag efo ti,' meddai Arthur.

'I ble?'

'Wn i ddim, jest cer. Fe glywn ni ganddo fo'n nes ymlaen. Wna i roi gwybod i ti.'

'Iawn.'

'Gwna'n siŵr fod dy ffôn di'n gweithio a bod gen ti signal.'

'Ocê,' meddai Gerwyn, ac ymadael.

'Cofia ffonio am Chandra,' gwaeddodd Arthur ar ei ôl. Nid oedd ganddo fawr o ffydd y gwnâi. Roedd cymaint yn mynd ymlaen yn ei feddwl.

*　　*　　*

Roedd popeth roedd ei angen arni yn y fan. Roedd y gwaith trefnu wedi bod yn drylwyr. Roedd matras ar y llawr a thŷ bach cemegol. Yn achlysurol, rhoddid bwyd iddi drwy ffenest o sedd y gyrrwr. McDonalds. Doedd hi ddim yn rhywle lleol, felly, meddyliodd. Ni allai weld neb yr ochr arall i'r pared, ac ni welodd wyneb neb yn ystod y cipio na wedyn. Roedd y clorofform wedi gwneud ei waith. Cofiai fynd allan am sigarét i du cefn y ganolfan arddio, lle cydiodd rhywun ynddi, ac ni chofiai ddim byd arall nes iddi ddeffro ar y matras yn y fan a gŵr mewn mwgwd yn eistedd ar gadair yn edrych i lawr arni. Roedd ei dwylo wedi'u clymu â thâp a'i watsh wedi mynd. Roedd y deffro'n hunllef, a thagodd sgrech yn ei gwddf pan chwydodd.

'Chloroform sometimes has that effect, my dear,' meddai llais Gwyddelig o'r tu ôl i'r mwgwd, a chynnig hances a diod iddi, yn od o garedig. 'Just stay calm, and no harm will come to you if I get what I want. Just a little score to settle with your family. Not with you. You're just a means to an end.' Tynnodd gyllell o'i boced a thorri'r tâp am ei garddyrnau. 'All mod cons for you here. Not the Ritz, but needs must,' meddai, a chodi ei ddwylo mewn ystum o edifeirwch. 'Make yourself at home. Let's hope it's not for too long.'

Roedd y llygaid y tu ôl i'r mwgwd yn hen. Roedd rhychau o'u cwmpas, a gallai weld ymylon y llygaid yn crychu pan oedd eu perchennog yn gwenu yn ei thyb hi. Roedd y llygaid yn rhai deallus, meddyliodd. Roedden nhw'n edrych i mewn i'w pherfedd, heb wyro am eiliad oddi wrth ei llygaid hi wrth iddo siarad. Doedd dim arlliw o ofn nac ansicrwydd ynddynt. Cododd ei charcharydd a gadael drwy ddrws ochr y fan. 'Best not to scream,' meddai cyn cau'r drws. 'Nobody to hear you.'

A dyna sut y dechreuodd ei chaethiwed. Bu'n rhaid iddi eistedd yn y gadair yng nghornel y fan ar gyfer cael tynnu ei llun, ond wedi hynny daeth newid ar ei byd. Sylweddolodd Branwen yn fuan nad anifail anwaraidd oedd yn ei chaethiwo. Roedd elfen gref o'r gŵr bonheddig ynddo, ac roedd yn hynod ddeallus. Roedd pragmatiaeth Branwen o'i phlaid. Ni fyddai hwn yn cymryd mantais, meddyliodd, ac ni wnaeth. Bu trafodaeth hynod waraidd rhyngddynt ar y ffordd orau o ddod i ben â mater cael gafael yn yr arian. Cafodd wybod hefyd am lawer o wirioneddau na wyddai am ei brodyr a'u hanes gan ei charcharydd dienw, diwyneb, gorgyfeillgar. Ni wyddai ai gwir ai gau oedd ei eiriau, ond deallodd yn fuan mai poenydio'i thad oedd bwriad y dyn yn y pen draw. Roedd rhywbeth yn eu hen hanes. Rhywbeth cyn ei geni hi. Roedd gan hwn wybodaeth lawer rhy fanwl a chywir. Roedd fel petai am fwrw ei berfedd, ac eisteddodd hi ar y matras a gwrando arno. Roedd hwn yn ddyn oedd yn heneiddio, ond yn hollol benderfynol, meddyliodd. 'Be sure,' meddai ar un achlysur, 'if honour is satisfied, I will let you go, but if it is not, you must believe I will kill you.' Ysgydwyd hi gan y geiriau, ond meddyliodd amdanynt yn hir wedyn am iddo ychwanegu eto, 'you must believe.'

Ni allai weld dim byd o'i charchar. Gadawyd y golau yng nghefn y fan ymlaen, a gallai symud yn ddidrafferth o fewn ffiniau ei chaethiwed. Gallai deimlo'r fan yn symud o bryd i'w gilydd. Gwyddai fod un o'r teithiau'n faith, ac ar ei diwedd, clywai sŵn traffig trwm o'i chwmpas. Gwyddai ei bod wedi teithio i ardal lawer mwy prysur na'i hardal wledig hi. O glustfeinio, gwyddai hefyd fod ceir eraill yn cyd-deithio â nhw, ac amryw leisiau i'w clywed pan fydden nhw stopio'n achlysurol. Roedden nhw'n rhy niferus i fod yn teithio yng nghab y fan. Gwrandawodd yn astud ar eu lleisiau pan fyddent yn ymgynnull. O Lerpwl ac Iwerddon yr oeddent, ond tybiodd iddi glywed un ag acen gogledd Cymru. Cafodd gadarnhad o hynny pan siaradodd ag Arthur ar y ffôn. Cadwyd mwgwd am ei phen tra oedd hi'n siarad, ond clywodd rywun yn cyfieithu ei geiriau i'r Gwyddel. Roedd un yn deall ei hymgom, yn amlwg.

Ar ddiwedd taith o ryw ddwy awr, daeth tawelwch am amser maith. Gorweddodd ar y matras a'i bywyd yn dadfeilio yn ei hunigedd. Meddyliodd am ei meibion. Roedden nhw'n ddiogel yn yr ysgol breswyl, o leiaf. Roedd Carwyn wedi ei saethu, efallai wedi marw; Gerwyn ac yntau'n euog o erchyllterau lu, os oedd coel ar ei charcharydd; ei thad yn trengi'n raddol, a hithau'n garcharor mewn fan yn rhywle. Roedd yr unig obaith oedd ganddi am ei heinioes yn dibynnu ar blisman wedi ymddeol, a hwnnw'n brin ei wynt ac angen pwmp i ddal ei anadl. Grêt, meddyliodd.

Tua chanol y bore wedyn oedd hi yn ei thyb hi pan agorodd y ffenest uwch ei phen o gab y gyrrwr.

'You'll be pleased to know they've got the money,' daeth y llais. 'Soon be over.' Nid ymatebodd Branwen. 'Tea?' daeth y llais wedyn. 'Saw you were sleeping. Didn't want to disturb you.' Roedd y cwestiwn mor hollol normal.

'No sugar,' meddai Branwen.

'Coming right up. Who said "It's nice when a plan comes together"? Hannibal Smith, from *The A-Team*. Things are going OK so far,' meddai'r llais Gwyddelig yn hwyliog.

Nid oedd chwant ymateb ar Branwen, ond derbyniodd y te drwy'r ffenest. Bu'n rhaid iddi droi at hyfrydwch y tŷ bach cemegol wedyn. 'Shut the bloody window,' sgrechiodd pan glywodd y ffenest yn agor, a chwerthiniad bach dichellgar y tu ôl iddi a hithau ar fin diosg ei throwsus.

'Nice arse,' meddai llais. 'Just carry on, don't mind me.' Clywodd ddrws y fan yn agor. 'Shut the window, you moron,' daeth y llais Gwyddelig cyfarwydd.

'Just having a look at the livestock, boss,' daeth llais oedd yn fwy o Sgowsar.

'You're a feckin animal. Get out!' a chlywodd sŵn drws arall y fan yn agor.

'Sorry about that. You know what they say about working with animals. A lady needs her privacy,' daeth y llais eto, a chaewyd y ffenest yn glep.

Doedd hwn ddim yn cyfateb i'r ddelwedd ddisgwyliedog o herwgipwyr. Roedd yn rêl gŵr bonheddig hen ffasiwn. Ni wyddai Branwen a oedd yn gysur iddi y byddai hwn yn sicr o gadw at ei air ai peidio.

Pennod 18

Roedd Arthur wedi troedio digon ar garped y garafán i dreulio llwybr drwyddo i'r pren, ond tua chanol y prynhawn, daeth y neges destun i'w ffôn.

Meeting 21.00 hrs sharp. Just you + the other brother + the money. No tricks. No police. I'll let you know where.

OK. What guarantees have we got? ymatebodd Arthur.

None. And I have all the aces. But I am an honourable man, Mr Goss. Rhaid oedd bodloni ar hynny. Tecstiodd Gerwyn wedyn:

Cwrdd mewn awr. Maes parcio'r gwesty.

OK daeth yr ateb mewn byr o dro.

Ystyriodd gysylltu â Price. Ni wnaeth.

Cyrhaeddodd Arthur y gwesty tua phedwar o'r gloch. Roedd Gerwyn yn sefyll o flaen y grisiau'n ei ddisgwyl, a'r bag plastig Tesco yn ei law.

'Ti'n mynd i siopa?' gwawdiodd ei gydymaith cyhyrog. 'Tyrd i mewn. Mae digon o amser ganddon ni,' ac eisteddodd Gerwyn yn y car wrth ei ochr a'r bag plastig yn ddiogel ar ei lin fel crair gwerthfawr.

'Paid â phoeni. Fase neb yn meddwl dy fod di'n cario hanner miliwn o bunnoedd mewn bag siopa plastig. Jest rho fo yn y cefn ac ymlacia. Mae pob dim o dan reolaeth. Mi ddown ni i ben â hyn. Jest cadw'n cŵl. Reit?'

'Reit,' meddai Gerwyn, a'i cŵl yn amlwg wedi hen

ddiflannu, ond rhoddodd y bag y tu ôl i sedd Arthur yn unol â'r gorchymyn.

'Reit. Mi yden ni'n cwrdd â Loughlin am naw o'r gloch. Wn i ddim ble, ond mi wyt ti a fi'n mynd. Dyna'r cyfarwyddyd. Mae'n ddigon hawdd, felly dyna be yden ni'n mynd i'w wneud. Iawn?'

'Iawn. Pa gar?'

'Dy pick-up di. Gei di ddreifio. Mi fydd yn rhaid i mi ateb y ffôn. Dreifio a tecstio braidd yn anodd.'

'Beth ni'n neud nawr?'

'Aros. Meddwl y baset ti'n lecio prynu coffi i mi yn y lle crand yma.'

'Fan hyn?'

'Ia, a mi allen ni aros yn dy stafell di am yr alwad. Ydy'r signal ffôn yn iawn yma?'

'Ody.'

'Dyna ni, 'te. Tyrd â dy fag efo ti. Jest rhag ofn,' meddai Arthur yn goeglyd wrth gamu o'r car. Dilynodd Gerwyn ef, yn cydio'n ofalus yn y bag.

Cafodd y ddau goffi hynod dawel yn y lolfa. Doedd yr ymgom ddim wedi llifo. Ni ddaeth neges.

Aeth y ddau i ystafelloedd moethus Gerwyn wedyn i aros, a bwndel gwerthfawr yr arian yn ddiogel yn llaw'r brawd.

Sylwodd Arthur ar nifer y trugareddau benywaidd oedd o amgylch y lle. Brwsh gwallt, minlliw, a dillad isaf yn sychu ar y balconi.

'Ti ddim ar dy ben dy hun, 'te,' pryfociodd.

'Na,' atebodd Gerwyn yn swta. 'Chi'n gythrel o cŵl am hyn i gyd, on'd y'ch chi?' meddai wedyn yn ddisymwth wrth i Arthur gerdded allan i'r balconi i ryfeddu at yr olygfa.

'Dim byd arall i'w wneud,' meddai Arthur, yn ceisio cuddio'r corddi yn ei stumog. 'Sut mae dy frawd?'

'Ddim yn dda, ond yn dal 'i afel.'

'O,' meddai Arthur. 'Ydy Chandra'n obeithiol?'

'Do'dd e ddim yn siŵr.'

'Ffoniaist ti Sanhedrin yr ysbyty amdano fo?'

'Naddo.'

'Pam?'

'Lot ar 'y meddwl i.'

Rholiodd Arthur ei lygaid ond ni ddywedodd fwy.

Bu tawelwch hir wedyn. 'Does gen ti ddim bag gwell i gario hanner miliwn o bunnoedd?' holodd Arthur ymhen tipyn. 'Briffces neu rwbeth? Dyna maen nhw'n ei wneud yn y ffilmie.'

'Ie, sbo,' meddai Gerwyn braidd yn ffrwcslyd, a mynd i chwilota yn yr ystafell arall. Dychwelodd â bag teithio ysgafn a'i ddangos i Arthur.

'Dyna welliant, da iawn ti.' Daeth y ganmoliaeth â rhywfaint o ryddhad i Gerwyn. 'Sut mae dy dad?'

'Sai'n gwybod. Sai wedi ffono heddi. So fe ambyti 'i bethe'n rhy dda erbyn hyn. Sai'n credu bydde fe ddim callach 'sen i 'di bod 'na. Ma'r nyrs yna ta beth.'

'Cer i orwedd lawr am dipyn. Ti'n edrych yn uffernol. Fe roia i wybod i ti os bydd pethau'n dechrau symud.' Ufuddhaodd Gerwyn. Roedd hyn yn rhyddhad i Arthur. Doedd eistedd ac edrych ar ei gilydd yn yr ystafell am yr oriau nesaf ddim yn apelio.

'Time to move, I think,' meddai Loughlin wrth Weasel, oedd wrth lyw'r fan yn y maes parcio gwag. 'I think I should have a chat to our damsel before we go.'

'What the hell's a damsel, boss?' holodd Weasel.

'A woman, Weasel. Big word. Big word, I know,' meddai Loughlin yn ddilornus, ac ysgwyd ei ben. 'You really are a moron. A faithful moron, but a moron none the less.' Gosododd ei fwgwd am ei ben cyn datgloi ac agor y drws. Eisteddai Branwen ar y matras yn edrych yn fwyfwy aflêr. 'I'm sure you could do with a wash. Mod cons not up to scratch, I'm afraid. Don't worry. Soon be over. We'll be moving before long,' meddai'n gysurlon, a'i godi ei hun yn llafurus i'r fan a chau'r drws ar ei ôl.

Eisteddodd ar y gadair esmwyth a baratowyd ar gyfer ei chaethiwed. 'This Goss fella sounds a bit of a hero. He must be if he's found a way to your heart. Means a lot to you, does he?'

'Yes,' atebodd Branwen.

'Good.'

Eisteddodd Loughlin yn dawel yn y gadair yn edrych arni am saib anghyfforddus o hir. 'Something I should do before we go,' meddai. 'Seems right, somehow.' Bu saib hir eto.

'What's that?' holodd Branwen, braidd yn nerfus am dorri'r tawelwch.

'This,' meddai Loughlin a thynnu'r mwgwd oddi ar ei ben. 'I think you should see that there's a real person behind this mask.'

Tynnodd Branwen anadl. Synnodd pa mor ddeallus, mor henaidd ond mor normal yr edrychai'r wyneb. Doedd hyn ddim yn argoeli'n dda iddi. Byddai'n gallu ei adnabod eto.

Aeth Loughlin yn ei flaen. 'You see, my darlin', I have done many things in my life, some good, but many bad things. Many people have died because of me. Some deserved to die, others didn't. I did it for a cause once, a good cause, I thought, but it sort of drifted,' meddai'n synfyfyriol. 'I have my liberty now, but not for long. Gruffudd and I fought a common enemy. He chose a different way. I chose mine.' Pwyllodd, fel petai'n ystyried a ddylai barhau. 'Once, a very long time ago, he stole from me. Had he not, my way might have been different. More recently, his sons stole my son from me. Your kin have brought dishonour to my kin, killed my kin. Justice will be done. There must be balance. There must be retribution.' Pwyllodd eto. 'Enough. We have work to do,' meddai'n bendant a chodi. Diflannodd allan o'r fan a chau'r drws yn glep ar ei ôl.

Clywodd Branwen sŵn yr injan yn tanio'n fuan wedyn a theimlai'r cerbyd yn ysgwyd. Sadiodd ei hun ar y matras ar gyfer y siwrnai, yn pendroni ynghylch geiriau ei charcharydd.

Am hanner awr wedi chwech, daeth neges i ffôn Arthur:

> *Now we begin.*
> *Where to?* ymatebodd Arthur.
> *All in good time. Patience*, daeth yr ateb.

Aeth Arthur i'r ystafell wely a deffro Gerwyn, oedd yn chwyrnu. Bu ei flinder yn drech nag ef. 'Golcha dy wyneb,' meddai Arthur. Ufuddhaodd Gerwyn yn ddirwgnach.

'Gwna goffi,' meddai Arthur wedyn pan ddychwelodd Gerwyn o'r ystafell ymolchi, ac aeth Gerwyn yr un mor ufudd at y tegell yng nghornel yr ystafell. 'Mae angen meddyliau ffres arnon ni ar gyfer gwaith heno, on'd oes?'

'Beth sy'n digwydd?' holodd Gerwyn.

'Wn i ddim eto, ond mae pethau wedi dechrau. Dal dy ddŵr.' Roedd hi'n awr gyfan cyn i'r neges nesaf gyrraedd.

Go to main road out of Berig. Wait in the lay-by there.

OK, atebodd Arthur.

Gadawodd y ddau ystafell y gwesty a'u trysor gyda nhw a mynd am pick-up Gerwyn. Ni sylwodd Arthur ar y cynfas gwyrdd aflêr yn y cefn.

Cerddodd Sylvia tuag atynt yn dalog o'r Mini yn y maes parcio.

'Ti'n iawn?' meddai wrth Gerwyn.

'Ydw, cer lan. Sai'n gallu siarad nawr,' atebodd hwnnw'n chwyrn.

'Ocê, dwi'n deall,' meddai hi braidd yn swta. '*A man's got to do what a man's got to do*, am wn i,' meddai wedyn, a chamu'n osgeiddig tua'r fynedfa.

Roedd yr haul yn machlud dros y bae a'r gwylanod yn cyniwair. Roedd cawod drom o law gwanwynol yn bygwth. Byddai'n dywyll cyn bo hir.

Here. Awaiting instructions, tecstiodd Arthur wedi iddyn nhw gyrraedd.

Nid oedd ymateb.

Ymlwybrai'r fan a'r ddau gar yn osgordd hamddenol dros y bryniau. Nid oedd Loughlin am niweidio'i drysor. Roedd canolbarth Lloegr yn bell y tu ôl iddynt ac roedd eu goleuadau'n dod yn amlycach fel y suddai'r haul ac fel y casglai'r cymylau.

'Rain soon,' meddai Loughlin.

'Yes, boss,' meddai Weasel, yn synnu pa mor cŵl oedd eu harweinydd.

'Don't want rain, but can't be helped. Stop in a lay-by near the next village. No signal here.'

Ymgasglodd criw Loughlin o'i gwmpas yn y gilfach – Weasel, y llabwst o'r dafarn a phump arall.

'Everybody clear? Everybody happy?' Nodiodd pawb 'No cock-ups. This is a professional job, remember. Nobody taken anything? We want clear heads. We think with our heads, not our hearts. Everybody's got his job to do. Jacko and Sully, you know where to wait for them.' Nodiodd y ddau. 'Dicsi and Mojo – you up for this? Just do it, and don't forget it's for Walter.'

'Yes, boss,' meddai'r ddau.

'You've all got your shooters. Let's do it then, but let's do it right. No unnecessary mess, got it? Say yes, boss.'

'Yes, boss,' meddai pawb yn unsain.

Trodd Loughlin ffôn Branwen ymlaen unwaith eto i anfon neges cyn ymadael.

Roedd hi'n chwarter wedi wyth. Ymlwybrodd y fintai ymlaen a throi ar hyd ffordd y mynydd i gyfeiriad y Rhewl. Daeth cawod drom o law yn sydyn, wedyn peidiodd.

> At 8.30 proceed east on the Rhewl road oedd y neges nesaf dderbyniodd Goss.
> OK, atebodd.
> Daeth neges eto. What car are you driving?
> Mitsubishi pick-up, atebodd Goss.

Roedd hi'n hanner awr wedi wyth a'r haul wedi hen fachlud pan gyrhaeddodd y gatrawd fechan lecyn picnic y Foel. Byddai wedi bod yn anghyfleus petai pobl yno, ond nid oedd neb. Roedd ias y nos a'r cawodydd wedi bod yn ddigon i gadw pobl draw. Parciodd y fan ac un o'r ceir yn y llecyn, ac aeth y car arall i lawr y ffordd am y Rhewl. Tecstiodd Loughlin eto.

Take the 2nd left and proceed for 5 miles.
OK, daeth yr ateb.

Roedd y Foel yn fan delfrydol. Gellid gweld i bob cyfeiriad. Roedd tair ffordd yn cyfarfod yno, a sawl llwybr i ddianc drwy'r goedwig petai rhaid. Anodd fyddai i unrhyw gerbyd gyrraedd yno heb i'r gwylwyr eu gweld. Anaml y byddai pobl yn teithio drwy'r lonydd culion at y fan os nad oeddent am fynd i un o'r ffermydd, a doedd y rheiny ddim yn agos. Roedd y copa'n rhy anial ac oerllyd. Roedd ffaith fod graean dros y llawr yn fonws. Ni fyddai olion eu teiars yn aros ynddo. Disgynnodd niwl tenau wedi'r glaw gwanwynol, yn orchudd dros y cyfan.

'Hei, mae gynnon ni gwmni,' meddai Goss ar ôl iddyn nhw droi yn ôl y gorchymyn. Gwyddai yn iawn i ble'r oedd y ffordd yn arwain. Roedd dau lygad golau'r car yn cadw pellter parchus oddi wrth y pick-up. Roedd gyrru Gerwyn yn mynd yn fwy ansicr a chrwydrol wrth iddynt ddynesu at y Foel.

'Cadw dy ben a chymer dy bwyll,' meddai Arthur yn gysurlon.

O fewn pum milltir gwelsant rywun â thortsh yn eu cyfeirio i'r gilfach bicnic.

Cyn dringo dros y grib i'r llecyn, ni welsant ddim, ond

wrth ddisgyn i'r llannerch, roedd yr olygfa'n frawychus o drawiadol, a llewych goleuadau'r fan ac un o'r ceir yn ffurfio triongl ag un o'r byrddau picnic, oedd fel llwyfan dan lifoleuadau. Ar ben y llwyfan hwnnw, roedd cadair blastig lle'r eisteddai Branwen wedi'i chlymu. Nid oedd rhwymyn dros ei cheg. Safai Loughlin y tu ôl iddi, a gwn yn un llaw a rhywbeth na allai Goss ei weld yn glir yn y llall. Synnodd nad oedd Loughlin yn gwisgo mwgwd. Roedd hwn yn brif actor mewn rhyw ddrama erchyll, a nhw eu dau oedd yr unig gynulleidfa. Roedd y pick-up yng nghanol y triongl.

Diffoddodd Gerwyn yr injan a'r goleuadau. Roedd y tawelwch yn llethol. Gallai Goss deimlo'r cryndod oedd yng nghorff Gerwyn yn dod trwy ffrâm y car. 'Beth nesa?' holodd hwnnw.

'Aros,' meddai Goss.

Amneidiodd Loughlin iddynt ddod allan o'r cab.

'Cyfle i ti ddangos faint o ddyn wyt ti,' meddai Arthur. 'Tyrd.' Dringodd y ddau o'r car a'r bag yn llaw Arthur, a cherdded i sefyll o flaen y llwyfan. Cydiodd Arthur yn dynn yn y bag.

'Ti'n iawn?' holodd Arthur Branwen.

Nodiodd hithau. Atebodd Loughlin drosti. 'She's fine, Mr Goss. Right as rain! Glad both of you could make it,' meddai wedyn, yn hollol gwrtais. 'So you're Mr Goss,' meddai gan nodio at Arthur. 'You are a very lucky man. This is a very lovely lady. And you are the shite of a brother,' meddai wrth Gerwyn.

'We've got your money, now fucking let her go,' chwyrnodd Gerwyn.

'All in good time,' meddai Loughlin â rheolaeth lwyr dros y sefyllfa. Pwyntiodd ei wn at Gerwyn. Camodd hwnnw yn ôl. 'Now then,' meddai Loughlin. 'Just in case you, or anybody else, have any silly ideas – and I wouldn't be at all surprised if you had – you see this?' meddai, gan godi ei law a dangos yr hyn na allodd Arthur ei weld yn iawn. 'Yes, it's a grenade, and if you notice, the pin is out. It's only my hand that's keeping it together and stopping it from going pop. I'm sure you realise that if I am shot, your lovely lady will be history, so the next few minutes are very important to us all. Now give the money to the brother, Mr Goss. I want him to feel the pain of giving,' meddai â chwerthiniad bychan.

Trosglwyddodd Goss y bag i Gerwyn.

'Come forward. And place it at the foot of the table.'

Camodd Gerwyn ymlaen a gosod y bag yn ôl y gorch-ymyn fel plentyn yn cyflwyno offrwm diolchgarwch.

'Good. Part one finished. Take it away,' meddai Loughlin wrth rywun anweledig yn y tywyllwch, a chamodd gŵr mewn mwgwd i'r llewych a diflannu â'r bag yn ôl i'r cysgodion. 'Make sure it's all there. Now for part two.' Amneidiodd ar ddyn arall, a chamodd gŵr â gwn yn ei law i'r goleuni a'i bwyntio at Gerwyn. 'Do it. We should not flinch from what must be done.' Suddodd Gerwyn ar un pen-glin.

Oedodd y gŵr, a'r gwn wrth dalcen Gerwyn, a llygaid y brawd yn pefrio ag ofn. Arhosodd pawb am y glec. Ni ddaeth. 'Can't do it, boss. Can't do it,' meddai'r gŵr, ac acen Bangor yn dew ym mhob sillaf. Adnabu Goss lais Dicsi yn syth, a diflannodd hwnnw'n benisel i'r cysgodion eto.

'I'll fuckin top the bastard,' meddai llais arall. 'The twat almost did for me.' Roedd llais Weasel yn groch ac roedd pistol yn ei law.

Yn yr eiliad orffwyll honno, estynnodd Gerwyn wn oedd wedi'i strapio at ei ffêr. Yr un pryd, cododd Iori o loches y gynfas yng nghefn y pick-up a thanio. Aeth bwledi i bob man ac o bob man, a fflachiadau'n dod o'r coed o amgylch y llecyn. Wedyn bu tawelwch. Roedd Iori'n swp yng nghefn y pick-up, a Gerwyn ar ei fol ar y llawr yn gwaedu. Roedd Weasel yn sefyll o hyd ond yn gwegian. Roedd Arthur ar ei fol ar y llawr hefyd, ond dal i sefyll yn ddelwau ar y bwrdd fel cynt roedd Loughlin a Branwen. Roedd hi'n crynu fel deilen ac yn wylo'n dawel. Roedd Loughlin mor gadarn ag erioed, ac roedd y ddau yn ddianaf.

'I'll finish him too, boss,' meddai Weasel, yn cloffi i gyfeiriad Goss a phwyntio'i wn ato. Sgrechiodd Branwen.

Wrth i Weasel nesáu at Arthur, oedd â'i wyneb yn y baw o hyd, daeth clec arall o gyfeiriad annisgwyl yn y coed, a chwympodd Weasel â thwll perffaith yn ei ben. Bu llonyddwch.

'Only to be expected, I suppose,' meddai Loughlin yn athronyddol.

Symudodd Arthur ei ben. 'Arthur!' sgrechiodd Branwen. Cododd yntau'n llafurus. Roedd y llifoleuadau wedi goroesi'r storm saethu, a safodd Arthur yno'n ymladd am ei anadl. Aeth i'w boced i estyn y pwmp, ei ddangos i Loughlin er mwyn iddo weld nad gwn ydoedd, a chymryd dracht pwyllog.

'Happy now?' holodd wedyn.

'Honour is satisfied,' atebodd Loughlin o'i lwyfan. 'I think you are someone special, Mr Goss. You don't do anything, but you're always there. Things happen around you. That's a gift.'

'Someone else told me something like that.'

'Who?'

'Gruffudd ap Brân. You may know him.'

Gwenodd Loughlin. 'Look after this lady. She is very, very special.'

'I know,' meddai Arthur.

Rhyddhaodd Loughlin y clymau a chamodd Branwen oddi ar y bwrdd i freichiau Arthur. Gwyliodd Loughlin hwy a gwenodd.

'Now, stand back for the finale,' meddai.

Nid oedd angen cymhelliad ar Arthur a Branwen i gilio i dywyllwch cymharol cefn y triongl goleuni.

Agorodd Loughlin gledr ei law i lacio'r ddolen fyddai'n rhyddhau'r ffrwydrad a gwasgodd y grenâd at ei frest. Am eiliadau hir, safodd a gwên ar ei wyneb. 'My dynasty lives,' meddai, yna daeth y glec ddofn a ffrwydro twll yn ei frest. Syrthiodd yn bendramwnwgl oddi ar y bwrdd a gorwedd yn gelain aflêr ar y llawr islaw.

Daeth sgrech hir o enau Branwen. Daliodd Arthur hi'n dynn nes y gostegodd yr wylo. Ni wyddai a glywodd hi eiriau Loughlin.

Pylodd y golau pan ddiflannodd y ceir ar frys. Nid oedd ond golau'r fan ar ôl i roi llewych i'r cyrff ar faes y gyflafan, a sŵn teiars yn sgrechian yn y pellter.

Ymlwybrodd rhywun mewn dillad duon i'r golwg yng ngolau melyn y fan. Chwydodd pan gyrhaeddodd y goleuni, ac aros ar ei gwrcwd am rai munudau yn ei lifrai beicio, a'i reiffl yn hongian wrth strap am ei wddf.

'Y cyffro'n ormod i ti, Price?' holodd Arthur.

'Heb saethu neb o'r bla'n, Syr.'

'O,' meddai Arthur. Nid oedd dim arall i'w ddweud.

Roedd gwifrau yn ei glustiau a meicroffon bychan yn

ei goler. 'Let the dogs out,' meddai. 'All roads from y Foel. They left about three minutes ago. Send the cleaners in. Ambulances would be good too. Two, or even three. Bit of a mess.'

Aeth Arthur a Branwen at Gerwyn. Roedd anadl ynddo o hyd. 'Dwed wrthyn nhw am beidio loetran,' gwaeddodd Goss ar Price, ond roedd hofrenydd ar ei ffordd eisoes. Byddai gwaith i Chandra ac i'r patholegydd heno.

Pennod 19

Cyndyn iawn oedd Branwen i adael Arthur, ond yn y diwedd, aeth gyda'i brawd ac Iori yn yr ambiwlans awyr. Addawodd Arthur ddod i'r ysbyty ar ei hôl, a bodlonodd hi ar hynny. Roedd Iori'n syndod o iach er gwaethaf y ddwy fwled a'i trawodd – y naill yn ei goes a'r llall yn ei ysgwydd. Doedd pethau ddim cystal i Gerwyn, a bu pwmpio dyfal ar ei frest yr holl ffordd i'r ysbyty. Go wanllyd oedd e erbyn iddo gyrraedd yr ysbyty yn yr hofrenydd, a rhuthrwyd ef i'r ystafell driniaeth ac wedyn i'r theatr, ond doedd pethau ddim yn argoeli'n dda.

Gwyliodd Arthur olau'r hofrenydd yn ymbellhau i dywyllwch y nos. Roedd ceir a faniau lu wedi cyrraedd y Foel o rywle'n syndod o sydyn yn nhyb Arthur. Aethpwyd â thri bag du i un o'r faniau; un ar gyfer Weasel a dau ar gyfer dau gorff a ddarganfuwyd yn y coed. 'Rhaid bod annel Iori'n well,' meddai Arthur wrth Price, oedd yn eistedd wrth ei ochr ar y fainc lle bu Branwen a Loughlin.

'Lwc, weden i,' meddai Price yn fyfyrgar.

'Ydyn ni'n gwybod pwy ydyn nhw?'

'Joe Sullivan o'dd un a Billy McCarthy o'dd y llall. Dau o'n thygs gore ni o Lerpwl. Ddim wedi'u cael yn euog o unrhyw drosedd erioed, ond roedd digon o amheuon amdanyn nhw. Ry'n ni wedi bod yn chwilio amdanyn nhw ers ache. Fydd dim colled ar 'u hôl nhw.'

'Dosbarthu cyffuriau?'

'Ie.'

Roedd gweddillion Loughlin wedi eu gosod mewn bag arall i'w drosglwyddo i fan ar wahân, fel petai e'n arbennig hyd yn oed ar ôl ei dranc. Doedd e ddim yn waith pleserus, ond cyflawnodd y swyddogion eu gorchwyl yn ddirwgnach, a chasglu cynifer o ddarnau o'i gorff ag y gallent oddi ar y graean.

Roedd dyn â chamera'n tynnu lluniau o bopeth, a'r fflach yn goleuo'r nos yn ysbeidiol. Ymhen amser, gorffennodd y swyddogion fforensig eu gwaith, a dychwelodd llecyn picnic y Foel i fod yn fangre heddychlon. Dechreuodd y cerbydau adael fesul un. Nid oedd llinyn plastig glas a gwyn wedi cael ei osod o gwmpas y lle fel oedd yn arferol wedi digwyddiadau o'r fath er mwyn archwilio ymhellach yng ngolau dydd, a chadw'r cyhoedd allan.

Cyrhaeddodd Range Rover a'i oleuadau'n dallu yn y tywyllwch newydd, a chamodd Stanley ohono.

'Popeth yn lân, Syr,' meddai un o'r swyddogion.

'Iawn. Oes rhywun yn symud y fan ddodrefn hyn? Bydd angen edrych ar ei hanes,' meddai Stanley, a cherdded draw at Arthur a Price.

'Aiff Morris â hi i'r warws nawr, Syr,' daeth llais o'r tywyllwch yn ôl.

'Pethau wedi mynd braidd yn flêr,' meddai Arthur.

'Jobyn da o waith, weden i. Llongyfarchiadau.'

'Unrhyw sôn am y lleill?' holodd Price.

'Ni wedi dal dau,' meddai Stanley.

'Sut rai oedden nhw?' holodd Arthur.

'Dau lwmpyn mawr – dau Wyddel – wedi dod yn eitha dof yn ôl a glywais i. Rhywle yng nghyfeiriad y Trallwng.'

'Mae dau arall ar goll o hyd, felly.'

'Oes.'

Penderfynodd Arthur beidio â sôn am Dicsi a Mojo. 'Does dim golwg o'r arian, 'te?' meddai.

'Ddim eto,' atebodd Stanley. Gwenodd Arthur.

''Dach chi wedi chwarae gêm dda efo fi, hogie, on'd do? Fi oedd y *stooge* yn y canol o'r dechre, yntê?'

'Ie.'

'Bastards!' meddai Arthur yn dawel.

'Goes with the territory,' meddai Stanley yn hwyliog.

'Roeddwn i'n expendable, felly.'

'I ryw raddau, ond roedd Price yma i'ch cadw chi rhag niwed, on'd oedd?'

'Sut gwyddech chi ble i ddod?'

'Dilyn signal eich ffôn chi. Dydy tracio ddim yn anodd y dyddie hyn. Roedd rhaid iddo seiclo fel ffŵl unwaith roedden ni'n gwybod ymhle roedd y cyfnewid yn digwydd er mwyn cyrraedd mewn pryd. Doedd dim ffordd arall o gyrraedd yn dawel. Bydde gormod o sŵn wedi tynnu sylw.'

'Plismon traddodiadol ar gefn beic yn achub y dydd, myn yffern i,' meddai Arthur yn goeglyd wrth Price. 'Arna i beint i ti, hogyn. Pa ffordd dest ti yma?'

'Ar y beic mynydd drwy lonydd y goedwig. Dwi'n 'u nabod nhw'n dda.'

'Ti'n dipyn o siot hefyd.'

'Saethu cwningod gyda 'nhad ers o'n i'n fach.'

'Roedd Weasel yn dipyn haws, 'te.'

'Reit, dyna ni. Braf gweithio 'da chi, Mr Goss,' meddai Stanley yn sydyn, yn dynodi bod eu hymgom ar ben. Cynigiodd ei law i Arthur. Oedodd Arthur cyn codi ei law yntau i'w hysgwyd.

'Yn ôl i'r hen fyd llwyd 'na.'

'Ie, am wn i,' meddai Stanley â gwên eironig.

'Edrychwch ar ei ôl o,' meddai Arthur, gan amneidio at Price. 'Mi wnaiff hwn blisman da yn yr hen fyd du a gwyn lle rydw i'n byw hefyd.'

'Fe wna i 'ngorau,' meddai Stanley, a throi i gyfeiriad y Range Rover.

'Sut wyt ti'n mynd adre?' holodd Arthur Price.

'Seiclo, am wn i.'

'Tyrd. Tafla dy feic i gefn y pick-up newydd sy gen i, ac mi gei di lifft.'

'Grêt, diolch,' meddai Price.

Prin roedd Arthur wedi troi i adael y llecyn picnic, ac roedd Price yn cysgu'n drwm.

*   *   *

Roedd hi'n un y bore erbyn i Arthur gyrraedd yr ysbyty ar ôl gollwng Price yn nhŷ ei fam, a chafodd ei hebrwng i'r ward gofal dwys. Llifodd yr atgofion yn ôl iddo. Am eiliad, disgwyliai weld y platypws yn dringo'r waliau unwaith eto. Gorweddai'r ddau frawd yn yr union welyau lle bu ef a Washi gynt. Eisteddai Branwen rhyngddynt yn benisel. Roedd nyrs i bob brawd a thoreth o bibellau a gwifrau wedi eu cysylltu â monitorau uwchlaw'r gwelyau. Nid adnabu Arthur yr un o'r ddwy nyrs, ond cofiai'r pibellau'n dda.

Ni welodd Branwen e'n dod i mewn. Aeth i sefyll wrth ei hochr a rhoi ei law ar ei hysgwydd. Trodd hithau i edrych i fyny arno, a daeth golau i'w hwyneb a chydiodd yn dynn yn ei law.

'Digon i'r diwrnod i ti, dwi'n meddwl. Af â ti adre. Gawn ni ddod 'nôl yn y bore.'

Gwelodd Arthur Chandra'n amneidio arno i ddod i gyfeiriad swyddfa oedd mewn cilfach ar ben pellaf y ward. Amneidiodd Arthur yn ôl i ddynodi nad dyma'r amser am unrhyw drafodaeth, a lludded yn amlwg bron â llethu Branwen. Cododd Chandra law i ddynodi ei ddealltwriaeth. Ciliodd i dywyllwch un o'r coridorau wedyn.

Fel Price, cysgodd Branwen bob cam yn ôl at ei bwthyn. Prin y gallodd hi gerdded trwy'r drws, a llwyddodd Arthur i'w chario dros y trothwy ac i'w hystafell wely er gwaethaf y tyndra yn ei frest. Safodd hi yno'n ddelw ger y gwely tra oedd Arthur yn cael ei wynt ato. Diosgodd Arthur bob dilledyn oddi arni'n ofalus a'i gosod hi'n garuaidd yn y gwely. Roedd ei harddwch yn tywynnu arno er gwaethaf annibendod ei gwallt a'i dillad. Trodd i adael yr ystafell er mwyn iddi gysgu.

'Paid ti â meiddio, Arthur Goss,' daeth ei llais o'r tu ôl iddo. 'Dwi jest moyn i ti fod yma.'

Heb air, diosgodd yntau ei ddillad a chlosio ati yn y gwely. Cydiodd hithau ynddo'n dynn. O fewn eiliadau, roedd hi'n anadlu'n rhythmig mewn trwmgwsg.

Rywbryd cyn y wawr, aeth coes Branwen dros Arthur a dringodd ar ei ben. Bu eu caru'n fyr ond yn nwydus, ac ar ei anterth, rhoes Branwen floedd. Ni wyddai Arthur ai gorfoledd neu ryddhad a'i hachosodd. Closiodd hi ato unwaith eto wedyn, a chysgu drachefn.

*   *   *

Deffrôdd Arthur a'r haul yn sgleinio'n llachar drwy'r ffenest. Roedd yr olygfa drwyddi cystal ag erioed, ac afon Igwy'n treiglo i lawr drwy'r cwm islaw i gyfeiriad y môr yn y Berig drwy'r twnnel o goed oedd wedi dod i'w dail. Roedd hyd yn oed crëyr glas yn troedio'n ofalus dros y marian i hel ei damaid. Gallai weld ceffylau Branwen yn prancio yn y cae, yn gwerthfawrogi'r heulwen a thes y bore. Llawer rhy berffaith, meddyliodd Arthur. Edrychodd ar ei watsh ger y gwely. Roedd hi'n ddeg o'r gloch.

Cododd a thynnu un o'r blancedi amdano fel toga, a cherdded i'r lolfa. Roedd Branwen yn amlwg wedi cael cawod, ac eisteddai wrth y bwrdd coffi yn ei gŵn llofft sidan, a'i gwallt yn wlyb o hyd. Roedd hi'n chwilota drwy hen focs yn llawn lluniau.

'Ro'n i wedi meddwl sorto'r rhain. Erioed wedi cael yr amser,' meddai hi heb godi ei golygon. 'Dere i eistedd fan hyn,' meddai ac amneidio at le wrth ei hochr ar y soffa. 'Mi wna i goffi i ti wedyn.' Eisteddodd Arthur.

'Dyma fe. Ro'n i'n gwybod ei fod e 'ma,' meddai hi wedyn, a dangos llun o fenyw ddeniadol mewn dillad ysgafn, hen ffasiwn iddo. Y cwbl oedd ar y cefn oedd dyddiad: 1966.

'Pwy ydy hi?' holodd Arthur.

'Mam. Ble ti'n meddwl mae hi?' Edrychodd Arthur eto. Roedd y fenyw'n eistedd ar graig a siâp adnabyddus tu hwnt iddi. 'Gogledd Iwerddon. Y Giant's Causeway.'

'Ie.'

'Roedd hi yno yn 1966. Cyn dechrau'r trafferthion go iawn.'

'Oedd. Athrawes oedd hi. Aeth hi i Brifysgol Queen's, Belffast, gwneud ymarfer dysgu ac wedyn mynd i ddysgu yn Strabane ar ôl 'ny. Fe ddaeth yn ôl ddim yn hir ar ôl i'r llun hwn gael ei dynnu. Priodi Nhad. Weithiodd hi ddim wedyn. Roedd hi'n edrych ar ein hôl ni.'

'Pryd gyrhaeddaist ti, 'te?'

'Rhyw chwe mis ar ôl iddyn nhw briodi.'

'Shotgun wedding, felly.'

'Ie. Ond y cwestiwn sy 'da fi yw pwy dynnodd y llun hwn? Doedd e ddim 'da gweddill y lluniau ges i o dŷ Nhad, ond mewn bocs ar wahân o hen atgofion oedd 'da hi.'

'A …?'

'Doedd hi ddim am i Nhad weld hwn.'

'Pam fod hynny'n arwyddocaol?'

'Pan o'n i yn y blydi fan 'na, fe ddysgais i lot, ond nawr mae rhagor o gwestiynau'n troi rownd yn fy mhen i. Doedd Loughlin ddim fel bydden i wedi disgwyl iddo fod. Mae'n beth od i ddweud, ond roedd e'n ddyn neis. Fe ges i'r teimlad nad oedd fy mrifo i ar yr agenda o gwbwl os nad oedd rhaid. Roedd e'n gwybod lot fawr amdana i. Roedd e'n gwybod am y plant a'r gŵr, a 'mod i wedi byw yn Llundain. Fe ddywedodd e lot o bethe eraill wrtha i 'fyd – pethe cas os y'n nhw'n wir.'

'Fel be?'

'Ei fod e a Nhad wedi gweithio 'da'i gilydd 'slawer dydd. Wedi bod yn casglu arian ar gyfer y rhyfel, dyna ddwedodd e. Y rhyfel yn erbyn y Sais. Ddwedodd e ddim sut.'

'Yr IRA? Byddin Rhyddid Cymru?'

'Falle. Ond fe ddwedodd e wrtha i fod Carwyn a Gerwyn wedi lladd pobl – wedi lladd ei fab e, ac aelod arall o'r teulu,' meddai hi'n ddryslyd, a dagrau'n dechrau cronni yn ei llygaid. 'Roedd e'n gwybod am y Chwiorydd hefyd.'

Ni ddywedodd Arthur air. Parhaodd hi. 'Fe ddwedodd e un neu ddau o bethau annisgwyl iawn.'

'Fel be?' holodd Arthur eto.

' "You must *believe* I will kill you," ddwedodd e, ddim "I will kill you", tase fe ddim yn cael ei ffordd. Dyna pam dwi'n dweud nad oedd fy lladd i'n fwriad ganddo.'

'Oedd rhywbeth arall?'

'Oedd. Fe ddwedodd e fod Nhad wedi dwyn rhywbeth oddi arno fe, a tase fe heb wneud hynny, bydde cwrs ei fywyd e wedi bod yn hollol wahanol.' Trodd i wynebu Arthur a'r dagrau'n cronni fwyfwy. 'Fydde dwyn unrhyw *beth* ddim wedi newid cwrs ei fywyd os nad Mam oedd y peth hwnnw. Dwi'n gwybod ei bod hi wedi bod yn ddigon i newid cwrs bywyd Nhad. Cyn iddi hi ymddangos yn ei fywyd e, roedd e'n ddyn gwyllt, mewn trwbwl o hyd. Ond wedyn daeth rheswm, daeth y weledigaeth, a daeth y Berig. Fe dyfodd ei ardd.'

Ni ddywedodd Arthur air, dim ond edrych i fyw ei llygaid.

'Pwy dynnodd y llun hwn yn 1966, Arthur? Yn y flwyddyn cyn i fi gael fy ngeni. Mis Mawrth mae fy mhen-blwydd i. Mae'r llun hwn yng nghanol haf. Naw mis ynghynt?'

'Felly?'

'Felly, pwy yw fy nhad i?'

'Pam wyt ti'n amau hynny nawr?' holodd Arthur.

'Wn i ddim yn gwmws,' meddai Branwen, a golwg bell arni. 'Roedd rhywbeth mor gyfarwydd amdano rywsut, er nad oedden ni wedi cwrdd o'r blaen. Ac mae'r cysylltiad ag Iwerddon yn od ...' Atebodd Arthur ddim. Rhoddodd fraich amdani, a rhoddodd hithau ei phen ar ei ysgwydd. Buont yno heb yngan gair am funudau. 'Fi sy'n bod yn dwp, siŵr o fod,' meddai hi yn y diwedd, ac eistedd i fyny. 'Wyt ti'n meddwl ei bod hi'n bryd i ni wisgo?' meddai wedyn.

'Ydy,' atebodd Arthur. 'Mae gen ti lot i'w wneud, on'd oes?'

'Nac oes,' meddai Branwen yn bendant.

'Na?'

'Mae 'da *ni* lot i'w wneud. Os wyt ti 'na, fe allai i wneud popeth.'

'*Deal*,' meddai Arthur.

Canodd ffôn y tŷ. Eirlys, gwraig Gerwyn, oedd yno.

'Jest aros 'na, fydda i gyda ti gynted galla i,' meddai Branwen ar ddiwedd sgwrs oedd yn swnio'n emosiynol iawn ar ben draw'r ffôn.

'Bryd i ni fynd?' holodd Arthur.

Nodiodd Branwen.

Roedd y ddau ar eu ffordd i'r ysbyty yng ngherbyd Gerwyn mewn byr o dro.

Pennod 20

Daeth Eirlys i gwrdd â nhw wrth ddrws yr ysbyty. Doedd pethau ddim yn edrych yn dda.

'Ble wyt ti wedi bod?' oedd ei geiriau cyntaf wrth Branwen.

Nid oedd gan Branwen ateb.

'Pwy yw hwn?' holodd Eirlys yn anghwrtais.

'Arthur. Sut mae Gerwyn?'

Ysgydwodd Eirlys ei phen. 'Ti biau fe nawr,' meddai. ''Sdim mwy i fi'i neud fan hyn,' meddai wedyn a cherdded oddi wrthynt tua'r maes parcio. 'Mae'n rhaid i fi gasglu'r merched 'da Mam.'

'Ti'n dod 'nôl?' galwodd Branwen ar ei hôl.

'Na, sai'n dod 'nôl. Fydd dim colled ar ôl y bastard. Fe gaiff y bitsh Sylvia 'na alaru drosto fe. Mae pethach lan i ti nawr,' meddai Eirlys a brasgamu i ffwrdd.

Edrychodd Arthur ar Branwen a hithau arno fe. Ni ddywedwyd dim, ac aethant i gyfeiriad yr uned gofal dwys drwy brysurdeb yr ysbyty.

Roedd Gerwyn a Carwyn fel y gadawyd nhw'r noson cynt. Roedd nyrs wrth droed gwely Carwyn. Doedd neb wrth wely Gerwyn er bod y pibellau a'r gwifrau yno o hyd. Roedd y ddau mor ddiymadferth ag erioed. Wrth i Branwen ac Arthur ddynesu at erchwyn y ddau wely, daeth Chandra o'r swyddfa gyfagos.

'Mae gwraig Mr ap Brân wedi bod yma,' meddai.

'Fe welson ni hi tu allan,' meddai Arthur.

'Unrhyw newid?' holodd Branwen.

'Dewch i'r swyddfa,' meddai Chandra.

Doedd hynny ddim yn argoeli'n dda, meddyliodd Arthur.

'Ydech chi wedi bod yma drwy'r nos?' holodd Arthur, yn ceisio llacio rhywfaint ar densiwn y sefyllfa.

'Weithiau mae'n rhaid,' atebodd Chandra wrth eu hebrwng i'r swyddfa a chynnig sedd i Branwen.

Eisteddodd hithau ac edrych yn syth at Chandra. Nid oedd arlliw o emosiwn yn ei hwyneb er y gwyddai nad oedd y newyddion yn mynd i fod yn dda.

'Mae gobaith i Carwyn. Rydyn ni wedi ei roi e mewn coma, fel y gwyddoch. Wyddon ni ddim sut bydd e pan ddaw e mas. Ond mae arna i ofn fod Gerwyn wedi marw. Rydyn ni wedi cadw ei gorff yn fyw gyda'r peiriannau hyd yn hyn, ond does dim bywyd yn ei ymennydd.'

Daeth anadl trwm o frest Branwen ond parhaodd i edrych i fyw llygaid Chandra. 'Dim gobaith?'

'Na.'

'Rydych chi eisiau ei organau, on'd ydych chi?'

'Ydyn. Mae ganddon ni hawl i'w cymryd bellach. Eisiau dweud wrthoch chi cyn i ni wneud oeddwn i.'

Edrychodd Branwen ar Arthur eto. Edrychodd Arthur yn syth ati a nodio'i ben unwaith. Trodd hi'n ôl at Chandra. 'Cymerwch beth chi moyn. Efallai daw rhyw ddaioni ohono. Gwnewch beth allwch chi i Carwyn.'

'Fe wnawn ni'n gorau,' meddai Chandra. 'Diolch i chi. Bydd sawl un yn cael bywyd o'r herwydd.'

Safodd Branwen yn hir wrth droed y ddau wely. Safodd Arthur wrth ei hochr ond ni welodd wendid ynddi. Gosododd ei llaw yn ysgafn ar law ei dau frawd yn eu tro, ac yna rhoddodd gusan ar dalcen Gerwyn a throi i ymadael. Roedd y nyrsys yn aros bellter parchus i ffwrdd i fynd ag e i'r theatr.

Pan oedden nhw'n eistedd yn y pick-up wedyn, torrodd yr argae a bu Branwen yn beichio crio am funudau hir. Daliodd Arthur hi'n dynn. Daeth rheolaeth yn ôl iddi'n raddol. 'Diolch,' meddai.

'Am be?' holodd Arthur.

'Jest am fod 'ma.'

Gwenodd Arthur arni.

'Well i ni fynd i weld Nhad.'

'Ia,' meddai Arthur a thanio'r peiriant.

* * *

Doedd fawr o lewyrch arno pan gerddodd y ddau i mewn i'r ystafell. Roedd y sgriniau wrth y gwely'n ddu ac edrychai Gruffudd i'r pellter yn syn o'i wely, a chlustogau'n ei ddal ar ei eistedd. Roedd ei anadl yn fyr ac yn afreolaidd. Roedd y bibell ocsigen am ei wyneb a'r nwy yn treiddio drwy ei drwyn. Gellid gweld y Berig yn ddisglair ac yn ddedwydd yn heulwen y prynhawn drwy'r ffenestri enfawr.

'Sai'n gwbod a fydd e'n eich clywed chi,' meddai Anest. 'Dries i'ch ffono chi, ond doedd dim ateb.'

'Roedd fy ffôn i bant,' meddai Branwen.

'Sai'n siŵr, ond wy'n credu 'i fod e wedi cael stroc arall. "No resuscitation." Dyna beth wedodd y doctor, ontife?' holodd Anest braidd yn nerfus.

'Ie. Peidiwch â phoeni, Anest. Diolch. Gadewch ni am y tro.'

'Iawn, Branwen,' meddai Anest ac ymadael.

'Ry'n ni yma, Nhad, fi ac Arthur.'

Nid ymatebodd Gruffudd i ddechrau ond trodd ei lygaid at Arthur am eiliad cyn edrych drwy'r ffenest eto. Ni wyddai Arthur a adnabu ef, ond aeth y bwlch rhwng pob anadl yn hwy wedyn. Roedd ei wyneb yn glasu'n raddol a'i lygaid yn edrych yn syth drwy'r ffenest.

Eisteddodd Branwen wrth ei ochr ac Arthur gerllaw. 'Ry'n ni wedi sorto popeth, Nhad. Does dim i boeni amdano. Ni yma nawr.'

Tynnodd Gruffudd anadl a gwagiodd ei ysgyfaint wedyn, ond ni fu anadl arall ac eisteddodd a'i lygaid ar agor yn syllu ar ei ardd o hyd.

'Na,' gwaeddodd Branwen yn chwyrn. Gwyrodd ei phen wedyn. Closiodd Arthur ati a rhoi ei law ar ei hysgwydd.

'Dyna ni, 'te. Chaf i fyth wybod nawr.'

'Na,' meddai Arthur. Safodd y ddau yno am gyfnod hir cyn i Arthur dorri'r tawelwch. 'Mi arhosodd o i ti ddod, dwi'n credu.'

'Ti'n credu 'ny?'

'O, ydw. Tyrd, mi geith Anest wneud be sy'n rhaid.' Cododd Arthur hi o'r gadair a'i hebrwng tua'r drws.

Wrth iddynt adael y tŷ ac Anest wrthi'n cyflawni ei gorchwylion olaf ar gyfer Gruffudd, dywedodd Arthur, 'Bydd gen ti lot i'w wneud.' Trodd Branwen i edrych arno.

'Sori,' meddai e'n frysiog. 'Bydd ganddon *ni* lot i'w wneud.'

'Dyna welliant,' meddai Branwen, a cherdded tua'r pick-up a'i chefn yn sythu wrth iddi fynd.

*   *   *

Bu'r angladd yn un anferth, a daeth boneddigion o bedwar ban Cymru a'r byd i dalu'r deyrnged olaf i Gruffudd, a Gerwyn bythefnos yn ddiweddarach. Ni allai Carwyn fod yno. Ni fyddai wedi bod ddim callach pa bai wedi gallu dod. Roedd ystafell Gruffudd yn cael ei pharatoi ar ei gyfer, ac Anest a'r nyrsys eraill yn barod i ofalu amdano. Gallai'r sgriniau o olygfeydd y dref fod yn rhywfaint o ddifyrrwch iddo, er na wyddai neb a fyddai'r crebwyll ganddo i'w gwylio.

Dewisodd Arthur fod yn y cefndir yn ystod yr angladd. Llwyddodd i osgoi gormod o sylw pan gafodd y papurau newydd afael ar yr hanes. Edwinodd y storïau yn y cyfryngau'n eithaf buan, gan mai prin oedd y wybodaeth. Roedd yr heddlu, yr SOU a chyfranddalwyr Daliadau'r Berig am wthio'r cyfan i ebargofiant cyn gynted ag y bo modd.

Cafwyd ambell bennawd fel 'Dynasty Wars' a 'Trouble in Paradise' yn y wasg, a bu un erthygl dwy dudalen yn Golwg a'r llythrennau bras 'HERWGIPIO!' yn bennawd arni. Bu Branwen yn llygad y cyfryngau am gyfnod fel 'Queen of the Dynasty', yn ôl un erthygl yn y Western Mail, a phortreadwyd Carwyn a Gerwyn fel rhyw fath o arwyr yn y rhyfel yn erbyn y gelyn o'r tu hwnt i'r ffin. Diolchodd Arthur pan drodd y sylw at faterion eraill. Ni wnaeth yr helynt ddim drwg i goffrau'r Berig, fodd bynnag, a thyrrodd twristiaid yno i weld lleoliad y cythrwfl ym mharadwys. Suddwyd sawl peint yn y Llong ac yfwyd sawl coffi wrth adrodd hanes y drafferth a fu yno.

Ni ddarganfuwyd fyth mo'r hanner miliwn o bunnoedd a dalwyd i ryddhau Branwen, ac ni chlywyd dim mwy am hanes y brodyr o Fangor, er y daeth tro ar fyd i weddill y tylwyth, oedd bellach yn berchen ar dai mewn ardal eithaf llewyrchus, er mawr ofid i'r cymdogion. Dim ond Arthur a wyddai pwy oeddent ac ni ddywedodd ddim. Gyda chymorth Price a'i griw, llwyddodd Arthur i gadw'r sylw oddi arno fe'i hun, a chadwodd o'r golwg yn ei garafán. Ond nid oedd yn bell.

Roedd Sylvia wedi ymddiswyddo'n ddisymwth a diflannu. Ni wyddai neb i ble. Roedd ei chymwynaswr wedi mynd. Gadawsai Carl, ei gŵr, ers tro, a gwyddai pawb iddi fod yn lletya yn y gwesty gyda Gerwyn. Hebddo, doedd dim diben aros.

Sicrhaodd Branwen gytundeb newydd i Chandra. Roedd y cyfan yn daclus, yn rhy daclus ym marn Arthur.

*   *   *

Roedd yr haul yn machlud rhwng y cymylau, a hithau'n haf erbyn hyn. Roedd y gwylanod yn hedfan uwch y weilgi gan droelli'n swnllyd cyn dychwelyd i'r ynys a'u boliau'n llawn ar ôl bwydo'n fras yn y cynaeafau gwair ar y tir mawr. Bu'r diwrnod yn boeth, ond nawr roedd y teuluoedd yn casglu eu geriach glan môr i ddychwelyd at eu ceir ym maes parcio'r chwarel. Eisteddai Branwen ac Arthur ar fainc yn edrych dros y traeth. Gwyddai Branwen na fyddai neb yn eu gwylio. Datgysylltwyd llawer o'r camerâu, a diswyddwyd y rhelyw o'r swyddogion diogelwch. Ni fu sôn am unrhyw weithgarwch gan y Chwiorydd ers tro chwaith.

'Sut mae Carwyn heddiw?' holodd Arthur ar ôl cyfnod hir o dawelwch.

'Yr un peth,' meddai Branwen.

Bu cyfnod o dawelwch myfyrgar eto cyn i Branwen ofyn, 'Ydy hyn ddim yn rhy berffaith i ti, Mr Goss?'

Parhaodd Arthur i wylio'r gwylanod. 'Mi wnaiff y tro yn iawn,' meddai â gwên.

'Pa mor debygol ydy hi y cawn ni gyfle i gerdded law yn llaw tua'r machlud erbyn hyn?' holodd hi.

'Go lew, ddwedwn i,' meddai Arthur.

'Ti'n rêl blydi romantic, on'd wyt ti?' meddai Branwen, a rhoi ei braich yn ei fraich yntau a chlosio ato.

Diweddglo

Bu'r haf yn boeth, ac roedd coffrau'r Berig yn gorlifo. Roedd y maes parcio newydd wedi bod yn llwyddiant ysgubol, a'r buddsoddiad yn dechrau talu ar ei ganfed.

Glaniodd gwylan ar y wal goncrid drwchus a godwyd i arbed y fynedfa rhag llid y tonnau yn y gaeaf. Roedd gwres yr haul yn y wal o hyd, er bod ei belydrau wedi pylu wrth iddo fynd ar ei rawd tua'r gorwel. Roedd hollt bychan wedi dechrau ymddangos yn y wal ar y ffordd i mewn i'r maes parcio. Lledodd hwnnw'n dwll pan ddatgysylltodd darn sylweddol o goncrid o'r wal, a chwympodd llaw led bydredig drwyddo. Dihangodd yr wylan wrth i un o drigolion y Berig ddynesu, yn mynd â'r ci am dro …

Diolchiadau

Hoffwn ddiolch i:

Ann Lewis am fod yn glust o Geredigion.

Clwyd Jones a Liz Edwards am fod yn ddarllenwyr beiriniadol.

Luned Whelan, fy ngolygydd amyneddgar.

Ysbyty'r Tywysog Siarl ym Merthyr Tudful am y profiad a'm galluogodd i ysgrifennu'r stori.

Dr Ceri Lynch am y cyngor meddygol.

Nigel Pearce am y cyngor ffarmacolegol.